“叙事”作为“动作”
品特剧作戏剧性研究

孙丽萍　著

中国戏剧出版社
CHINA THEATRE PRESS

图书在版编目（CIP）数据

“叙事”作为“动作” ：品特剧作戏剧性研究 / 孙
丽萍著. -- 北京 : 中国戏剧出版社, 2018.7
ISBN 978-7-104-04669-1

Ⅰ. ①叙… Ⅱ. ①孙… Ⅲ. ①哈罗德·品特－戏剧研
究 Ⅳ. ①I561.073

中国版本图书馆CIP数据核字(2018)第098084号

“叙事”作为“动作” ：品特剧作戏剧性研究

责任编辑：赵宇欣
责任印制：冯志强

出版发行：中国戏剧出版社
出 版 人：樊国宾
社　　址：北京市西城区天宁寺前街 2 号国家音乐产业基地 L 座
邮　　编：100055
网　　址：www.theatrebook.cn
电　　话：010-63385980（总编室）
传　　真：010-63383910（发行部）

读者服务：010-63381560
邮购地址：北京市西城区天宁寺前街 2 号国家音乐产业基地 L 座

印　　刷：三河市灵山红旗印刷厂
开　　本：787mm×1092mm　1/16
印　　张：12
字　　数：170千字
版　　次：2018年7月　北京第1版第1次印刷
书　　号：ISBN 978-7-104-04669-1
定　　价：58.00元

内容简介

关于哈罗德·品特，“品特式”（Pinteresque）已经成为一种引起全世界戏剧理论家广泛关注的戏剧风格。类似于哈罗德·品特戏剧或具有品特戏剧特征的即为“品特式”。作为戏剧理论研究者，我们首先应该提出的一个问题是：如果品特一生创作的29部剧作已经形成了某种独特的风格，就如“契诃夫式”或者“布莱希特式”，那么，这种风格是如何形成的？要研究一种戏剧风格或传统的形成，离不开对其采用的艺术创造手段的分析。本研究认为，对具有“叙事”特征的艺术手段的大量采用，是造就“品特式”风格的重要原因。为免混淆，本研究首先对戏剧体与叙事体这两种文学体裁的区别进行了理论梳理，又对与叙事体裁的“文学性”相对应的戏剧的“戏剧性”进行了着重研究。因为，“叙事”手段要成为戏剧整体的有机构成，必须具备“戏剧性”。

本研究从品特的戏剧中总结出三种具有“叙事”特征的戏剧手段：一是浓墨重彩的“往事”与简洁留白的“现在”。二是戏剧人物的“叙述性”独白。三是剧作家在舞台说明中对“沉默”的大量使用。我们都知道，不管风格再怎么变化，真正的戏剧创作必然是遵循着戏剧的原则和形式结构，将人的主观现实客观化为具体的动作和行动，从而达到表现情感本质的目的。而高明的剧作家也总是那些最有效率地将人的最深沉复杂的内在生命运动和最丰富多变的外部动作加以交合的人们。但是，品特戏剧最直观的表现却是，被放逐到过去和内心的人物在舞台上进行"回忆"和"独白"。这就容易让人产生质疑，在这样的"戏剧"中，戏剧的根基还存在吗？也就是说，"回忆"和"独白"还是不是戏剧性的"动作"？戏剧人物究竟是"行动的主体"还是"叙事的自我"？另外，剧作家在长篇大论的"回忆"和"独白"中大量安插的"沉默"，有没有将他作为"叙事形式的主体"引入到戏剧中？回答不出这些问题，我们就无法反驳现代戏剧是"叙事体对戏剧体的挽救"这一观点。

本研究针对以上提出的问题，分两章内容结合剧本逐一展开论述，论述的重点是，这些具有"叙事"特征的手段是如何"戏剧化"的，也即，它们是如何体现"戏剧性"的。关于"往事"的戏剧化，本研究分别以三个剧本为例，分析了"往事"的不同表现及在戏剧整体中的不同作用。在《往日》中，"往事"成为了三个主人公互相争夺支配权的阵地和战场，他们在现实的世界中回避着矛盾，却在"回忆"的阵地上刀剑相向，疯狂厮杀。在《无人之境》里，人们在编造的"往事"中重塑着自我，用"往事"来自我保护或者展开攻击，同时在对"往事"的虚构性"回叙"中建立关系，实现"交流"。在《归于尘土》中，因为无法面对和禁止谈论，悲惨的"往事"经过梦幻加工后出现在妻子的"回叙"里，同时，对"往事"的回叙过程又成为夫妻二人相互控制的一场"战争"。关于"叙述性"独白，本研究以两个剧本为例，分别探讨了《风景》中，人物在"独白"的表象之下潜藏着的另一层"对白"，以及《沉默》中时空限制被打破之后，剧作家如何用"叙述性"独白与"对白"的自由联结来组织起人物完整的行动，从而实现了对"叙述性"独白具备"戏剧性"的论证。关于剧作家对"沉默"的使用，则融汇在各章的剧本分析中，毫无疑问的是，"沉默"是人物动作的有机部分。

Contents
目录

引 论

苏珊·朗格认为，真正影响艺术发生历史性转折的重要因素，并不是对新材料的发现，而是对基本艺术创造方法的发现，而新的创造手段的应用就是新的艺术“传统”或“风格”产生的原因。她还表示，假如人们在研究诗的时候，从“诗人告诉了我们一些什么？他是如何将自己的经验传达给我们的？”等传统问题，转向“诗人创造了什么？他是如何创造的？”等现代问题，“就会对诗的艺术做出某种奇特的重新估价。”① 因此，本研究的立足点就在研究形成“品特式”风格的特殊的艺术创造方法。但是，另一个问题随之而来，就是这些创新的手段与方法是不是“戏剧的”？也就是说，品特的成就是不是立足于戏剧本体的创新？

随着时代的发展和人的本体观的转变，二十世纪之后的现代派戏剧离传统的戏剧形式越来越远，有些人便提出了质疑和担忧，比如德国戏剧理论家彼得·斯丛狄，他就认为现代戏剧出现了“叙事化”的倾向，因为形式和内容之间出现的矛盾引起了形式的变迁，这矛盾就是，“一方面是以当下的人际互动关系为中心的传统戏剧形式；另一方面是沉溺于过去和梦幻、退居到内心、陷于沉默和被动中的人物构成戏剧的中心内容”，② 要解决这一内在的矛盾就要引入一个“叙事形式的主体”或“叙事的自我”，而这会使“体系性的诗学”失去存在的基础。哈罗德·品特承继着现代戏剧的前辈剧作家们而来，在剧作中大量运用了彼得·斯丛狄所谓的“叙事化”手法，那么，他的这一创作倾向和一系列探索与实践究竟有没有动摇“诗学”的根本？这就是本研究的

① 苏珊·朗格：《艺术问题》，中国社会科学出版社，1983 年 6 月版，第 149 页。

② 彼得·斯丛狄：《现代戏剧理论（1880—1950）》，王建译，北京大学出版社，2006 年 3 月版，第 14 页。

选题所关注的问题，而要回答这一问题，就必须从戏剧的本体入手，逐层研究种种“叙事化”手法背后的戏剧性所在，也就是说，发现“叙事”因素在组织人物完整行动上的意义，以及在揭示人的深层动机上的意义，才能拨云见日，为戏剧创作在正确的路子上发展提供理论支撑。

哈罗德·品特所采用的戏剧手段，几乎囊括了彼得·斯丛狄在《现代戏剧理论（1880—1950）》中列出的现代剧作家们所做的全部尝试，包括用“回忆”支撑情节，毫无分量的对白及对白中的“独白”，消解了人际关系之后的“说白”，通篇大量运用的沉默、停顿和静场，将人物挤压在一个狭小的空间、多时空并置及打乱时空顺序的“倒叙”，等等。彼得·斯丛狄曾经质疑剧作者将人物“挤压”在狭小的空间里是不自然的，因为这是一种“外在于人物的状况”，这种“人为的挤压”反而将剧作者作为“操作主体”引入到作品之中，“于是仿佛付出外在的叙事艺术的代价才得到内在的戏剧艺术，由此产生的是一种玻璃球中的剧作。”因而，他根据这一现象认为戏剧的本体正在发生改变：

> 现代戏剧艺术的发展倾向是远离戏剧，所以在观察过程中不能没有一个独立的概念，作为对立概念出现的是“叙事的”，它刻画出史诗、短篇小说、长篇小说和其他体裁一个共同的结构特征，即存在着一个人们称为“叙事形式的主体”或者“叙事的自我”的东西。①

斯丛狄认为现代戏剧艺术呈现出来的“叙事倾向”，正在使其偏离本体而接近于“叙事体”。而品特剧作的一个典型特征就是将人物放在一个狭小逼仄的环境中，且剧中大量使用的“停顿”“沉默”和“静场”也容易让人怀疑，

① 彼得·斯丛狄：《现代戏剧理论（1880—1950）》，王建译，北京大学出版社，2006 年 3 月版，第 5-6 页。

在戏剧情节的背后是不是存在一个“叙事形式的主体”？如果剧作者没有“死”在剧本中，观众在这些或沉默或静场的停顿的间歇，看到的不是剧中人无法言说的深层内心世界，而是在幕后操纵着人物的剧作者，那么，这样的“戏剧”已不是戏剧，真的归到了“叙事体”的阵营。反之，如果这些沉默的瞬间是人物整体行动的组成部分，那么，即使采用的手段再密集和繁复，它们也是戏剧整体的有机构成，属于剧作者的艺术创造，依然是稳稳扎根于戏剧阵营的。斯丛狄比对着他认为的传统戏剧的“金科玉律”，对传统戏剧形式的日趋消逝和瓦解如临大敌，感到戏剧正四面楚歌，放眼望去处处都是矛盾和破裂，间距和缝隙，现代戏剧简直成了“打补丁”的艺术，于是他匆忙地为戏剧“规定”了新的本体，但究竟是不是这样，尚须在戏剧艺术特性的基础上仔细地辨别和分析。

谭霈生先生认为，当戏剧家对人的生命活动的把握已经深化时，形式的探索也需要向多方面拓展，但是应该在戏剧的方向上。针对叙事对戏剧的渗透，谭先生曾一针见血地指出：

在我看来，如果把渗入叙事性作为一种戏剧探索，应该区分本体意义与风格意义的界限。如果把“叙事性”作为一种风格追求，无论是一种结构类型，还是局部的艺术方式，都可以进行试验；在这一层面上，戏剧艺术原本就有笑纳百川的气魄，现代戏剧和当代戏剧更倾心于各种风格的实验性探索，以求取并存竞荣的局面。但是，如果在本体意义上让叙事性渗入戏剧的肌体，则需要慎重。每一种独立的艺术样式都有它特殊的规定性，如果异己的因素在肌体内大大膨胀，就可能导致本体的失落，其前景也并不令人乐观。[①]

① 谭霈生：《戏剧本体论》，中国戏剧出版社，2005年2月版，第204页。

保持戏剧之为戏剧的独立品格，在戏剧的特性上发展戏剧，是每一个有戏剧责任感的理论研究者都在关注和担忧的问题，也是在舞台上戏剧形式花样翻新的今天，我们必须面对和迫切需要澄清的问题。在谈到由其他文学体裁的作品改编为戏剧作品时，苏联戏剧理论家霍洛道夫也在提问：

> 改编家还要做些什么呢？剔去剧本里不能够有，而且也不应该有的一切多余的部分吗？这样做了，剔去了。但问题在于：结果是否就搞出一个剧本来呢？
>
> 不，这样做，通常是搞不出一个剧本的。把小说上的人物搬上舞台惯常是些毫无生气的空架子。从小说里余下的只是一些事件，只是一些变故。这样一来，改编者就会放弃戏剧创作的特性而向散文乞怜。于是戏剧的"散文化"事实上就代替了散文的戏剧化了。
>
> 如果戏剧的"散文化"过程只是表现在改编方面，这还不太糟糕。糟糕的是，许多具有完全独立精神的剧本有时看来像由散文改编的，许多为剧院写的剧本，丧失了"什么是戏剧"这一概念，丧失了戏剧体裁的作品应该是什么，以及不可能是什么的概念。[①]

这是由舞台上的实践对戏剧理论提出来的迫在眉睫的问题，相对于彼得·斯丛狄从外部向内部的视角，苏珊·朗格立足于艺术的原则和艺术的创造法则，从内部向外部看，她在《艺术问题》中提出，艺术的原则是"创造一种诉诸知觉的表现性形式"，[②] 艺术的创造法则是"某种创造手段的应用"。[③]

---

① 霍洛道夫：《戏剧结构》，李明琨、高士彦译，华东师范大学出版社，1981年7月版，第13页。
② 苏珊·朗格：《艺术问题》，中国社会科学出版社，1983年6月版，第111页。
③ 苏珊·朗格：《艺术问题》，中国社会科学出版社，1983年6月版，第111页。

艺术的原则与艺术创造法则的关系，也就是表现性形式与艺术创造手段的关系，关于艺术创造手段能否改变一种艺术的形式结构，苏珊·朗格说：

> 某种创造手段的应用却只能是艺术的创造法则，不管这种创造手段如何重要，情况都是如此。我认为，人们之所以会得出艺术的概念会随着时代的改变而改变的错误结论，主要原因就是他们把流行于某一时期或某一文化中的最普遍的艺术创造法则错当成艺术原则的缘故。[①]

不得不说这是一个关涉艺术本质的非常重要的判断，某种艺术风格的产生取决于某种创造手段的应用，从而产生出关于这种艺术体裁的新的创造法则，但，这种新的法则究竟有没有触动这一艺术体裁本身的基本原则，构成一种新的艺术形式，要另当别论，不能把手段的运用误认作形式的改变，搞清楚这一点非常之重要。从这个层面上看，我们当然也可以对彼得·斯丛狄提出质疑，他是否兴师动众地把20世纪之后现代戏剧的剧作家们所采用的新的戏剧创造法则，错误地归类到了戏剧的艺术原则上，提出一个“戏剧危机说”，将戏剧置于了“非叙事体不能挽救”的衰颓角色上？谭霈生先生说，要否定戏剧的本体，要从戏剧的形式构成上否定才能成立。因此，若判断一部作品是“戏剧的”还是“叙事的”，要看“叙事”对戏剧的介入是手段意义上的，还是形式构成意义上的。如果武断地把起手段作用的“叙事因素”当作戏剧形式构成的改变，就是不负责任的认识了。受限于戏剧的综合艺术特征，任何一种其他的艺术因素如果在戏剧的整体构成上分量过重，都会让人产生

① 苏珊·朗格：《艺术问题》，中国社会科学出版社，1983年6月版，第111页。

戏剧被那种艺术“吞没”的质疑，正像苏珊·朗格对这种现象的担忧：

> 人们如此习惯于根据各种艺术特有的媒介为它们下定义，以致剧场中使用了颜料，人们就把它的产品列为“画家的艺术”；布景需要建筑材料，人们就把布景设计者称为建筑师。因此戏剧往往被人看作是由几种或多种艺术综合而成的艺术，以致戏剧作为一项伟大的、独立的艺术所享有的自主权利和尊严常常受到威胁。①

这种担忧不无道理，一出完整戏剧的创作需要各部门的协同合作，如果创作者对戏剧的特性认识不清，一门独大或各行其是，那么不但谈不到舞台上的“戏剧创作”，连入没入得戏剧门都要打个问号了，戏剧又何谈“健康”发展？戏剧从来不排斥来自于其他艺术门类的表现手段，正像谭霈生先生所说，戏剧有笑纳百川的气魄。苏珊·朗格更直接地认为戏剧本来就是脱胎于舞蹈，“实际上，舞蹈只为一种崭新的艺术发展提供了一个完善的框架。当两位艺术家从合唱队中走出来的时候，它们既不是向神祈祷，也没有同信徒们说话，而是相互交谈着，它们创造了一种诗的幻象，于是戏剧就在这种宗教礼仪中问世了。”② 但是她也同时指出了戏剧从舞蹈脱胎而出的那一刻起，就已与母体完全不同，当然我们也可说，当两位艺术家从合唱队中走出来的时候，“戏剧体”就从“叙事体”中诞生了，同样与其母体完全不同。可以说，戏剧艺术走向成熟的过程，一直伴随着对叙事性的排除，逐渐确立起自己独有的形式和独立的品格。由此可见：

---

① 苏珊·朗格：《情感与形式》，中国社会科学出版社，1986年8月版，第371页。

② 苏珊·朗格：《情感与形式》，中国社会科学出版社，1986年8月版，第373页。

> 一旦我们认识到，戏剧既不是舞蹈，也不是文学，更不是各类艺术功能的集合物，而是以动作为形式的诗歌，那么，其中各种因素之间的关系，各种因素与整体的关系就立刻明朗了。①

其他艺术因素在各自的艺术形式中是第一位的，在戏剧中则是第二位的，是统筹于“剧情的境遇”的一种“从属性幻象”。这是苏珊·朗格对其他艺术因素与戏剧整体之关系的论述，已经触及问题的根本，具体到哈罗德·品特，“叙事”手段的运用对“品特式”风格的形成贡献了不小的力量，那么，在他那些成功的剧作中，他是怎么对“叙事”因素进行戏剧化处理的，自然就成为本文论述的重点。归结起来也就是说，品特所采用的“叙事”手段究竟是在“戏剧危机”之下无奈地弥补，是叙事体对戏剧体的挽救，还是伴随着时代的发展和人的本体观的转变，从戏剧的肌体上自然生发出的更具艺术表现力的手段？要论述“叙事”的戏剧性，首先有两个问题需要澄清，第一，戏剧与叙事的区别；第二，什么是“戏剧性”？后面将有详细论述。

以上是本研究提出来的问题及对品特戏剧研究视角的概述。从 2008 年哈罗德·品特获得诺贝尔文学奖以来，我国的理论研究者对他的关注日渐增多，以英美文学方向的高校教师和硕、博士研究生为主要群体，不可否认的是，经由他们丰硕的研究成果，越来越多的人认识了“剧作家”品特，知道了他的“品特式”戏剧风格。但是，囿于专业局限，研究者们的理论视角多集中于：“房间”意象的分析与解读、心理分析、“哈尼克”情结在戏剧中的投射、空间中的伦理关系、“威胁”主题、“威胁喜剧”以及对“闯入者”的分析、女

① 苏珊·朗格：《情感与形式》，中国社会科学出版社，1986 年 8 月版，第 373 页。

性主义及性别研究、权利与政治、品特戏剧中的疾病及其象征意义研究、品特的语言风格及文体学、话语分析等方向。总的来说，研究者们大都注意到了品特语言的风格特色，比如反复、短促、破碎、啰唆、掩饰，谎言与真言的混杂，语言间歇的沉默与停顿，语言的暴力，等等，并注意到了品特对传统语言的改造、变形和创新，闲聊中隐藏着的冲突，以及琐碎中弥漫着的悲剧。

华南师范大学外文学院教师胡宝平先生在论文《中国的品特批评：方法、问题与展望》中全面地论述了品特在中国被研究的状况，他在文章的结语部分提出了品特研究的未来展望：“品特创作的不断发展要求我们在未来的研究中，不论是内部研究还是外部研究，既应做微观的剖析，更需有宏观的视野——其中，互文理解和历史参照尤其重要：不仅要在品特戏剧作品之间，还要在品特的各文类作品之间建立关联；要将品特的创作放到英国（乃至欧美）戏剧史、文学史和艺术史的框架中理解，要考察戏剧文本的社会政治生成性与能动性，又需避免过于笼统的泛政治分析。总之，未来的品特批评在作家比较研究、跨文类研究、跨媒介研究、实证性文化研究等方面将大有可为，会焕发出新的活力。”不可否认这是一个宏大的、有价值的展望，也会有更多的研究者在这些方向上投入精力和努力。但是，主要作为剧作家的品特，对他戏剧作品的文本研究不被提出来终究是最大的遗憾。事实是，尽管对品特剧作的主题及关联研究已经有令人欣喜的丰硕成果，但是真正立足于品特的剧作进行内部形式结构分析的成果却寥寥无几，略有涉及的，不是零碎不堪就是仅限于的“技巧”发现，不得不说这方面的研究存在巨大的缺憾。

赵耀民先生在他的论文《品特与我们的关系》中提出了一个问题：“品特跟我们有关系吗？”他自己回答“既有也没有”。说有，是因为自上20世纪70年代末以来，中国观众和学者们熟悉的品特戏剧只有《房间》《送菜升降机》《生日晚会》《情人》《地下室》等几种，这让我们知道了“品特式”。而“说没有，是因为品特从来没有被完整地、独立地介绍进中国，他是被肢解后打包在一个装着各种作家作品的文化集装箱里夹带过来的，那箱子上贴着一张含混的、不太中听的标签——‘荒诞派’。以至于直到今天，我们对‘荒诞派’以外的品特几乎一无所知”，① 显而易见的是，不进入文本本身进行深入剖析，只有关联研究及主题分析，对我们真正地了解品特是远远不够的。赵先生坦白地说，我们对品特的戏剧有太多的“懵懂和误解”，于是，深入到每一个作品内部的形式构成，就成了最迫切的需求，因为这才是拨开“迷雾”的终极途径。如果品特的早期戏剧已经给了我们太多“困惑”，那么，他从 20 世纪 60 年代后半期到 70 年代初“回忆剧”时期的代表作品就更加“迷雾重重”了，这些作品包括《风景》（1967）、《沉默》（1968）、《往日》（1970）、《无人之境》（1974）等，品特在形式上进行了新的探索，更加简洁和凝炼，同时，对欣赏者而言也更加艰深和晦涩。目前，我国对品特这些作品的专门研究还非常少见，但是它们就像深埋于地下的“宝藏”，具有非常高的戏剧价值，不去挖掘是万万不该的。品特独特的创作手法成就了其作品独树一帜的风格，从而使“戏剧”这一文学体裁呈现出别样的异彩，作为戏剧理论研究者，我想我们有责任去探究这奇诡的艺术之美是如何创造出来的。

---

① 转引自邓中良：《品品特》，长江文艺出版社，2006 年 1 月版，第 166—167 页。

第一章

品特戏剧的“叙事性”表现

一、关于“戏剧”与“叙事”

谭霈生先生在《戏剧与叙事》一文开篇写道：“戏剧”与“叙事”的关系越来越被复杂化了。这一问题复杂化的根源就在于没有分清楚戏剧体与叙事体的根本区别。为了说明这个问题，谭先生引用了热奈特在《叙事话语》中所规定的“叙事”概念的三个层面：一是承担叙述的口头语或书面的话语——叙事话语；二是叙述的对象，接连发生的事件以及事件之间的连贯、反衬、重复等关系——也可以理解为“故事”；三是叙述行为——某人叙述某事，或者说，叙述者在叙述。依据热奈特“叙事”这三个层面的内涵，谭先生也将“叙事”与“戏剧”的区别引申为三层意思。

> 其一，作为前者中“叙述者在叙述”相对应的是：“行动者在行动”；其二，与承担叙述的话语（文字）相对应的是：行动者通过动作将行动“直观呈现”；其三，如果把“故事”作为对象，而两者都要把“故事”“陌生化”为“情节”，那么，在“叙事文本”和“戏剧文本”中，情节的构成则有不同的结构形式。①

戏剧理论史从诞生之日起便贯穿着对“戏剧”与“叙事”的辨析，亚里士多德规定悲剧“是对于一个严肃、完整、有一定长度的行动的摹仿”，“摹

---

① 谭霈生：《戏剧与叙事》，《四川戏剧》，2013 年第七期，第 12 页。

仿的方式是借人物的动作来表达，而不是采用叙述法”,[1] 对应的是谭霈生先生列出的三项区别中的第二项。霍洛道夫认为，文学体裁的不同决定了对事实加以描述的方式的不同。

> 在文学里，事实的描述是和形式紧密联系着的：短诗之所以应该是短诗，叙事诗之所以应该是叙事诗。长篇小说或剧作之所以应该是长篇小说或剧作，是因为它们能够最完整地实现自己的发展人类特性的职能。[2]

对应的是以上三项中的第三项。也就是说，短诗、叙事诗、长篇小说或剧作等各类文学体裁，都是为了表现和发展人类的特性，但是表现的手段和方式各有所长，而描述事实的“形式”就是将各种艺术体裁区分开的根本的东西。霍洛道夫又认为，形式之所以不同，与被描述的对象有很大的关系。

> 抒情诗、叙事文、剧作——这些是表达现实生活的各种不同的方法。但是这些不同的方法和被描述的对象本身并非毫无联系。而且我们能够推测，这些不同的方法之所以产生，正是由于人们要求用最好的方法来表现人的生活和人类社会的某一方面。这就是为什么在谈到戏剧创作的特性时，首先就该谈到戏剧的特殊对象。正像大家都知道的，运动中的生活，或者换句话说，行动便是戏剧中的这种特殊描写对象。[3]

---

① 亚里士多德：《诗学》，上海世纪出版集团，2006年5月版，第30页。

② 霍洛道夫：《戏剧结构》，李明琨、高士彦译，华东师范大学出版社，1981年7月版，第18页。

③ 霍洛道夫：《戏剧结构》，李明琨、高士彦译，华东师范大学出版社，1981年7月版，第19页。重点符号为原作者所加，以下引文中的重点符皆为原文所带。

对应谭霈生先生提出的三项区别中的第一项，即行动者的行动。接下来，针对“行动”这一描写对象，霍洛道夫对叙事文作了特别的说明。

> 叙事文和抒情诗当然也绝不排斥行动的再现。但是，第一，叙事文与其说是再现行动，不如说是描述行动；第二，叙事作品中，行动的描述只不过是总的图景中的组成部分之一；第三，也是最重要的一点，在叙事文里，角色的行动使作者关心的首先在于它的参预事件，而不是性格的揭示。①

这一说明更加具体，到这里，戏剧与叙事的区别似乎已经一目了然，叙事文中的人物的行动是作者用语言描述出来的，且这行动只是叙事文的主体——事件的参与者，是其中的一个部分，与事件关系的要旨不在于人物性格的揭示。在最为关键的第三点，即事件在两种文体的不同作用上，他又引用了别林斯基的观点来说明。

> 尽管在戏剧里，像在叙事文里一样，有着事件；然而戏剧和叙事文在本质上彼此恰巧是相反的。叙事文里是事件占主要地位，戏剧里是人占主要地位。叙事文的主要因素是事件；戏剧的主要因素是人的性格。②

更进一步，弗莱塔克在谈论从叙事性文学作品里已经加工完毕的精巧故事中取材这一问题时，关于事件和人物性格，他一针见血地指出：

① 霍洛道夫：《戏剧结构》，李明琨、高士彦译，华东师范大学出版社，1981年7月版，第19页。
② 霍洛道夫：《戏剧结构》，李明琨、高士彦译，华东师范大学出版社，1981年7月版，第19页。

不要以为一个事件及其人物因为已经被这样相近的艺术处理地光华灿烂，所以更加适用于戏剧。其实正好相反，在叙事诗的杰出成品和戏剧艺术之间存在着一个深刻的矛盾，因为叙事诗描写的事件和人物，总是相互并列的，而戏剧艺术表现情节和性格则是相互交织的，这个矛盾不是作者轻而易举就能克服的。①

到此，已经从形式结构层面触及到了戏剧与叙事之区别的核心，弗莱塔克深刻地认识到了叙事体和戏剧体在形式上处理事件与个性之关系的不同！叙事诗中的人物是事件洪流中的人物，对于具体作品而言，处理两者关系的方式是惟一的。它们在叙事诗中已经造就的光辉灿烂，是内容与形式的完美统一。若拿到戏剧中来，则必须废弃它原来的形式，重新按照戏剧的原则，即情节和性格的“相互交织”重新组织，这样产生的作品是否能在它原本光辉灿烂的基础上流光溢彩，则是不敢保证的。事实是，几乎不可能。就像霍洛道夫在谈论“改编”问题时说到的：“使题材通过新的体裁再度诞生，是件十分罕见的事情……因为改编照例并不产生戏剧或小说，而只是使小说适合于在舞台上演出而已。”② 弗莱塔克提出来这个不能被“想当然”的作者轻而易举克服的戏剧体与叙事体的“矛盾”，是非常有意义的。

黑格尔没有单论事件，对人物行动产生影响的因素他统称为“环境情况”，他从促动人物展开行动的“动力”入手，去论述两者的关系在叙事体与戏剧体中的不同。

在叙事作品中，他的行动可以显得是环境情况的结果，所以环

① 古斯塔夫·弗莱塔克：《论戏剧情节》，张玉书译，上海译文出版社，1981年10月版，第9页。
② 霍洛道夫：《戏剧结构》，李明琨、高士彦译，华东师范大学出版社，1981年7月版，第17页。

境情况在史诗里是强大的动力，不像在戏剧体诗里那样，只有人物性格在起主导作用。[①]

纵使外在环境在戏剧里也起作用，这种作用的意义也仅在它们对心情和意志的影响，以及人物对它们所起的反应。[②]

黑格尔以上的两段话包含这样几层意思：第一、在叙事性作品中，人物的行动是被裹挟在“环境情况”中运动的，纵然这不意味着人物的个性对行动不起作用，但是它所致力的是“环境中的人”，就像上面弗莱塔克说的，环境与人在叙事性作品中相互依存，同等重要，环境是人物行动不可忽视的外在推动力，如果把环境比作飓风，那么人物就是飓风中的一只蝴蝶，它扇动翅膀的内在力量必得有外在力量的参照和映衬。第二、戏剧中环境情况对人物行动的影响构不成“裹挟”的力量，而只是对“心情和意志”产生影响，真正对行动起决定性作用的是人物的个性。

既然在戏剧中“环境情况”只是人物行动的“影响因素”，起决定作用的是人的个性，那么，接下来要解决的一个关键问题就是：环境情况如何对个性起作用以达到使人物产生行动的目的？谭霈生先生深刻地认识到解决了这一问题就解开了戏剧结构原理的秘密，他把统称为“环境情况”的时空、事件和人物关系作为三个要素规定为“情境”，谭先生指出：“在戏剧中，剧作家则是要寻求与个性相契合的环境，并把它定性化为具体的情况，使主体的命运与个性的潜能相一致。也就是说，剧作家应该为个性寻找能使之自满自足的情境。”[③]，情境是为个性准备的“实验室”，“它作为一种规定性的前提，作为一

① 谭霈生：《戏剧本体论》，中国戏剧出版社，2005 年 2 月版，第 200 页。

② 谭霈生：《戏剧本体论》，中国戏剧出版社，2005 年 2 月版，第 201 页。

③ 谭霈生：《戏剧本体论》，中国戏剧出版社，2005 年 2 月版，第 6 页。

种客观的刺激力和推动力，促使人物做出反应（动机与行动），以显现人格的特质。”①这就是“环境情况”（情境）在戏剧中的作用，它是为人格的显现而构建的积蓄着力量的“组织”。具体到情境的要素之一——事件，谭霈生先生表示：

> 事件可能是“已经发生过的”，也可能是“现在时态”的；可能是由主体的行动构成的，也可能是外在于主体的，但它们的作用都是同一的。

那么各类事件在戏剧中是如何发挥作用的呢？那就是为戏剧中最有活力的因素，也是情境中最重要的因素——“人物关系”服务。

> 而这关系，可能是矛盾关系，也可能是非矛盾关系，但是，它们若能在戏剧进展中具有真正的活力，都需要定性化、具体化。实际上，戏剧中的各种各样的事件，往往是通过推动人物关系的定性化、具体化，从而对人物发生实体性的影响。②

以《原野》为例，开场时仇虎正在铁轨旁咬着牙用巨石砸脚镣。那是一副什么样的形象呢？曹禺先生是这样描述的：“人会惊怪造物者怎么会想出这样一个丑陋的人形：头发像乱麻，硕大无比的怪脸，眉毛垂下来，眼烧着仇恨的火。……他眼里闪出凶狠，狡恶，机诈与嫉恨，是个刚从地狱里逃出来的人。”这个从地狱里逃出来的怪物此行的目的非常明确，他要杀了焦阎王报仇雪恨！

---

① 谭霈生：《戏剧本体论》，中国戏剧出版社，2005 年 2 月版，第 118 页。
② 谭霈生：《戏剧本体论》，中国戏剧出版社，2005 年 2 月版，第 201 页。

这时候发生了一件事：白傻子放羊路过此地。这纯粹是一个偶然事件，但是它的作用也指向“推动人物关系的定性化、具体化”，白傻子在仇虎的追问下透露了几个信息：一是焦阎王死了；二是焦母还好好地活着；三是焦大星娶了花金子，还有个孩子。仇虎从这个偶然事件中获得的信息彻底打乱了他原来的计划！得知焦阎王死了之后，仇虎先是“惊愕地说不出话来”，随后阴郁地感叹“阎王也有一天进了棺材了”，继而失望地觉得自己是“白来了”，最后愤怒地责怪阎王“他怎么会没有等我回来才死！”那个名正言顺、“千刀万剐”都不泄恨的复仇对象消失了！但是，胸中积聚的冲天的仇恨并没有消解，中国式的复仇是“父债子偿”“以眼还眼，以牙还牙”，不杀人就对不起父亲和妹妹九泉之下含冤的魂魄，这是流淌在他身体里的血液赋予他的使命。在中国的伦理观念里，在家族的血泪面前，个人是不存在的，个人的情感也必须弃之一边，否则便连个人也不算了。于是，在惊愕、感叹、失望、愤怒之后，仇虎举着拳头告诉自己此仇必报的理由：“……可我怎么能叫你死，叫你这么自在地死了。我告诉你，阎王，我回来了，我又回来了，阎王！杀了我们，你们就得偿命；伤了我们，我们一定还手。挖了我的眼睛，我也挖你的。你打瘸了我的腿，害苦了我们这一大堆人，你想，你在这儿挖个洞偷偷死了，哼，你想我们会让你在棺材里安得了身！哦，阎王，你想得太便宜了！”死了也不能让你安稳，这就是“白傻子放羊路过”这个偶然的事件给仇虎带来的影响，它迅速促动着人物关系走向“具体化”“定性化”。下一个场面，花金子送焦大星走，这又是另一个外在于仇虎的事件。仇虎躲在铁轨基道后面把两人的对话听了个一清二楚。焦大星下场后，仇虎走出来跟金子说话。这一对曾经的有情人在经过了那么多磨难和岁月之后再见面。试想，如果没有前面这两个偶然事件，这俩人的见面一定会是另一番样子。可是这两个事件发生了之后，仇虎面对金子，除了心中的情分，他对金子说的“甜言蜜语”里又多了另一个目的，那就是“诱惑着”金子带他回焦家，伺机报仇。

戏剧中有两类事件，针对这两类事件，谭霈生先生在《论戏剧性》中进行了明确的区分。

> 把事件作为戏剧情境的因素是一回事；把事件发展的过程作为戏剧的基本内容，则是另一回事。……是的，精心安排的事件，常常是戏剧性的来源；但真正的戏剧性并不在于事件本身，而在于它引起的后果，在于它对剧中人物发生的巨大影响。①

这就是“事件”在戏剧中所起的作用，只有构成情境，对人物发生了巨大影响的事件才是真正有戏剧性的事件。梳理到这里，戏剧与叙事的区别已经十分清楚，但是如果就此止步去解决前面我们提出来的那两个问题：哈罗德·品特如何将“叙事”戏剧化，以及某些个别作品中的“叙事”部分有没有触动戏剧的本体，恐怕还是不够的，必须要从戏剧的整体加以考量和鉴定。苏珊·朗格将一件成功的艺术品比喻为一个“有机体”，这个“有机体”具有“生命的形式”所具有的基本特征，那就是能动性、不可侵犯性、统一性、有机性、节奏性和不断成长性。②一个有机的整体必然有一个“机能性的本体”，关于这个“机能性的本体”，朗格表示：

> 一个有机整体之内的那种机能性的结合却有着难以形容的复杂性、严密性和深奥性。正因为如此，才使得一个较为高级的有机体的“自我——本体”（即那些极为精密地结合在一起的有机体的自

① 谭霈生：《论戏剧性》，中国戏剧出版社，2005 年 2 月版，第 142—143 页。
② 苏珊·朗格：《艺术问题》，华东师范大学出版社，1981 年 7 月版，第 50 页。

我——本体）比起那些更加永恒性的物质凝结物（如一块石块或铅块）看上去更加可信。如果你不断地琢磨这个奇特的事实，就会认识到为什么人类的本体总好像不是存在于肉体的永恒中，而是存在于个性之中。这是因为，这是一种机能性的本体，是一种物质和精神的式样，是一种活动的连续。①

也就是说，一个有机性的整体是一种机能性的结合，各种要素相互关联、彼此推动、共同生长，这种结合并不是简单地拼贴就能实现，否则严密的“凑成”可能形成一个无懈可击的“凝结物”，但永远成不了一个“生命体”。要使一个整体成为有机体，它的生长所遵循的结构形式必须具有“内生的力量”，这种力量是各种因素共同的根基，它们在它的推动之下以“难以形容的复杂性、严密性”纠葛着、运动着、发展着，最终成长为一个具有“深奥性”的整体。只有这样产生的作品才是优秀的艺术品。这个具有“内生性”的形式结构是一门艺术的“DNA”，是把它与其他相近的艺术门类从整体上区别开的最根本的东西。就戏剧而言，一种新鲜的艺术因素作为手段要参与进这个形式结构的整体生长，就必须去掉自己本属的独立性，注入戏剧的血液。就像果木的嫁接，那移植来的枝条须吸收来自承载自己的另一物种根部的营养才能存活，气血贯通，春来开花，秋来结果，方显奇异之美，别人只会赞叹，你看那颗苹果树上结出了苹果梨，而不会说你看那棵苹果树变成了梨树！我们要判断一部戏剧作品是叙事的还是戏剧的，也是要看“叙事”是“嫁接”在了戏剧的“枝条”上还是“根茎”上。苏珊·朗格称一件艺术品是一个基本符号，也就是她说的“有机的整体”，关于这个基本符号与其中各种因素的关系，她

① 苏珊·朗格：《艺术问题》，中国社会科学出版社，1983年6月版，第44页。

说：“诚然，艺术品也可以分解，通过分解可以发现它的细腻之处，可以发现它所包含的各种因素；但，决不能通过把这些因素合成的方法创造艺术品。因为脱离了艺术品，这样的因素就不存在了。它们只能出现在一个整体形式中，就如同贝壳的凸凹两面，人们可以把这两面看成是构成贝壳这种形式的两个因素。但是，通过把‘凹面’与‘凸面’合成的手法是不能构成贝壳的。因为，没有贝壳，也就没有凸凹这两种因素了。”① 这段话的意思非常明确，仍然是在强调艺术品作为一个“基本符号”的内生性和整体性。那么，具体到戏剧，那些吸纳了其他的艺术因素，却没有创造出这样具有“有机性”“内生性”和“完整性”的失败的戏剧作品，问题又出在哪儿呢？她分析说这些失败的作品，

> 不是由于使用了“属于”其他艺术的材料，也不是由于刺眼的从属性幻象，而恰恰是缺乏清晰概念，才是一部作品杂乱无章的根源；如果“指令形式”是有机的，这种形式的体现又很简洁；那么，非正常材料中的大部分就会被同化，大部分关于时间、空间和力量抽象的强烈效果就会成为纯粹戏剧形式的一部分。②

也就是说，造成一部吸纳了其他艺术因素的戏剧作品杂乱无章的根本原因，在于创作者缺乏一个关于戏剧的，有机的“指令形式”的清晰概念。明白了这个戏剧中内含的“指令形式”，从其他艺术中“借来”的因素自然就会“转变为诗的因素”。但是，具体这个“指令形式”是什么样的，朗格没有说。正是基于这样本体性的思考，谭霈生先生提出了戏剧形式构成的“情境逻辑模式”。

---

① 苏珊·朗格：《情感与形式》，中国社会科学出版社，1986年8月版，第427页。

② 苏珊·朗格：《情感与形式》，中国社会科学出版社，1986年8月版，第363—364页。

情境

↘

↓↑ ——→ 动机 ——→ 行动

↗

个性

这个模式“贯穿着一个潜在的因果逻辑：个性与情境的契合，情境的推动力与凝聚力使个性凝结成具体的动机，动机则是行动（动作）的驱力。”[1] 如果一个艺术品具有“生命体的形式”，那么这个逻辑模式就是戏剧的运动原理，是其有机性的来源，也就是苏珊·朗格所说的那个戏剧的“指令形式”。谭霈生先生的“情境”本体论，不得不说是世界戏剧理论研究的一个崭新和重要的成果。一部戏剧的创作，不管哪个部门，如果忽略了情境都将是巨大的损失。剧作者不重视立足于个性揭示的情境构建，导演和演员不重视深入剖析让人物产生具体动作的情境，布景设计师和灯光师脱离与人物相契合的情境我行我素，那会是多么可怕的景象！因此我们要寻找“叙事”的戏剧性，就必须将“叙事”纳入戏剧的形式结构，去考量它在戏剧整体中的活力和有机性。

霍洛道夫说：“正是戏剧的对象决定着作为再现现实生活的一种特殊方法的戏剧创作的一切主要特点。……戏剧不需要作者的解释和提示，它能够在生活本身（在我们眼前、在我们现时代发展着的生活本身）的形式中再现生活。”[2] 但是我们需要知道，霍洛道夫所说的能够再现生活的“生活本身的形式”，是一种充满创造性的形式，是创造出来“表现人类情感的本质”[3] 的形式。每一个有真正戏剧见识的理论家都特别强调艺术家的“创造”，苏珊·朗

[1] 谭霈生：《戏剧本体论》，中国戏剧出版社，2005 年 2 月版，第 118 页。

[2] 霍洛道夫：《戏剧结构》，李明琨、高士彦译，华东师范大学出版社，1981 年 7 月版，第 20 页。

[3] 苏珊·朗格：《情感与形式》，中国社会科学出版社，1986 年 8 月版，第 7 页。

格就说不管什么类别的艺术，"本质上都是内在生活的外部显现，都是主观现实的客观显现。……只有创造的形象才具有情感生活所具有的成分和结构式样。然而，虽然这个形象是一个创造出来的虚像，是一种纯粹的形式，但它仍然是客观的（或真实的），它看上去似乎浸透着情感，因为它的形式准确地表达了情感的本质，因此它就是主观生活的对象化。"① 不管风格再怎么变化，真正的戏剧创作必然遵循着戏剧的原则和形式结构，将人的主观现实客观化为具体动作和行动，从而达到表现情感本质的目的。今天的戏剧已经离传统越来越远，舞台上的"形式"花样翻新，但是，令人欣喜的是，我们看到现代派戏剧家的神思经常贯注于戏剧之中——戏剧，是所有优秀剧作家之所依归——而不是驰骋于九天之外。这在吉罗杜、阿努依、尤奈斯库、怀尔德和其他二十世纪剧作家的创作实践中表现得十分明显。如他们的论述所表明的，这些人都懂得立足于戏剧本身的重要性。而且，实际情况是他们把"神思贯注于戏剧之中"——就是说，"把现实戏剧化"。②

这些在戏剧的路子上探索和试验的剧作家的剧作，是世界戏剧遗产的宝贵组成部分，是值得引起重视和深入研究的，我们该学习和研究什么呢？当然是两个方面：一是他们对戏剧形式结构的坚守；二是他们"把现实戏剧化"的原则，具体地说也就是他们不管怎样风格迥异，先锋实验，他们的作品都没有抛弃情境，抛弃戏剧性，情境理论的研究专家丁涛教授说："情境是戏剧性内在逻辑的展开。"③ 所以，情境与戏剧性其实又是统一的：为揭示个性构建起"自满自足"的情境是戏剧性产生的前提；反之，在场面中直观呈现的戏剧性的动作又是情境内生性力量的集中体现。因此，不管是戏剧研究还是戏剧

① 苏珊·朗格：《情感与形式》，中国社会科学出版社，1986年8月版，第8—9页。
② 加斯纳：《外国现代剧作家论剧作》，中国社会科学出版社，1982年3月版，第11页。
③ 根据中央戏剧学院戏剧美学丁涛教授课堂笔记整理。

创作，离开内部的形式结构和外部的场面呈现都是不完整的，探究一种艺术手段是不是属于戏剧的，也必得内外兼顾全面考量，才是负责任的做法。

二、关于“戏剧性”

霍洛道夫曾经对想成为剧作家的人提出这样的告诫：

> 创作之所以叫作创作，就在于艺术家在克服材料阻力的同时，还得去寻找和发现每一次都不同的，与不可重复的生活内容相适应的那种形式。对于这方面，在向大师们学习的时候，他应该掌握的不是法则和手法，而是那些如何艺术地合理组织具体生活素材的原则。否则，写剧本就容易得像撰写戏剧艺术的训令一样了。[①]

毫无疑问，霍洛道夫这里所说的“原则”，指的就是“戏剧性”的原则，戏剧性是戏剧之为戏剧的特性，是与叙事体裁的“文学性”相对应的一个概念。当我们说应该遵循着戏剧的规则创作戏剧的时候，其实就是在强调应该遵循着戏剧性的原则结构戏剧。关于“戏剧性”的概念，历来不同的理论家有不同的说法，又似乎每一种说法都有缺憾，比如阿契尔表示：

> 关于戏剧性的唯一真正确切的定义是：任何能够使聚集在剧场中的普通观众感到兴趣的虚构人物的表演。[②]

---

① 霍洛道夫：《戏剧结构》，李明琨、高士彦译，华东师范大学出版社，1981 年 7 月版，第 7 页。

② 阿契尔：《剧作法》，吴均燮、聂文杞译，中国戏剧出版社，1964 年版，第 42 页。

这恐怕是关于戏剧性最“概括”地表达了，对观众有吸引力的表演就是有戏剧性的。又如 S.W. 道森的理解：

我作一个自然的假定，“戏剧”“戏剧性”和相关术语通常所指的文学特质正如传统所理解那样，是以某种本质的方式内在于戏剧的，我从假定开始，并试图表明在我们对戏剧的反应中固有的东西是什么。①

道森认识到了戏剧性是以某种方式内在于戏剧的特质，但是依然没有涉及从形式上如何实现。苏珊·朗格对“戏剧性”做了如下的描述：

过去和未来之间的紧张，即戏剧的“现在时刻”，也就是那赋予动作、情境，甚至赋予姿势、神态和语调等要素以特定强度的东西，这个特定强度就是人们所说的“戏剧性质”。②

这个“特定的强度”指的是“悬念形式”。弗莱塔克的论述更加深入：

所谓戏剧性，就是那些强烈的、凝结成意志和行动的内心活动，那些由一种行动所激起的内心活动；也就是一个人从萌生一种感觉到发生激烈的欲望和行动所经历的内心过程，以及由于自己的或别人的行动在心灵中所引起的影响；也就是说，意志力从心灵深处向外涌出和决定性的影响从外界向心灵内部涌入；也就是一个行为的

---

① S.W. 道森：《论戏剧与戏剧性》，艾晓明译，昆仑出版社，1992 年版，第 2 页。
② 苏珊·朗格：《情感与形式》，中国社会科学出版社，1986 年 8 月版，第 357 页。

形成及其对心灵的后果。[①]

这个概念只涉及了戏剧性内涵的一个方面，即行动的产生。与其说他在阐述“戏剧性”的概念，不如说他在描述戏剧的对象。真正与戏剧性有关的，是他对情感和行动所做的补充说明：“行动和激烈的感情活动本身并不具有戏剧性。戏剧艺术的任务并非表现一种激情本身，而是表现一种导致行动的激情；戏剧艺术的任务并非表现一个事件本身，而是表现事件对人们心灵的影响。表达激烈的内心情感活动是抒情诗的事情，而描绘动人的事件则是叙事诗的任务。”[②]这段话已经触及戏剧艺术的本质与核心，即行动本身并不是目的，真正赋予行动戏剧性的是导致行动的“人的激情”，戏剧的任务也不在表现一个事件本身，真正赋予事件戏剧性的是它对“人的心灵”产生了影响。戏剧表现人的激情与心灵，当然，所有的艺术都是情感的表现，“艺术品表现的是关于生命、情感和内在现实的概念”，[③]但是戏剧直接以“人”为对象，是表现情感最为有效的艺术形式，别林斯基说戏剧的诗篇“是高级的诗，是艺术的光轮”，[④]就在于戏剧的形式把“复杂的人”放在了舞台的中心，把“人的情感”放在了显微镜下，只有有助于将这情感层层剥开，有助于把人的深沉与复杂层层展现的，才是有戏剧性的，不管是戏剧艺术本身的构成因素，还是从其他艺术门类采纳的手段，其目的是否指向“个性的揭示”，或者“情感的表现”，是判断它们是否具有戏剧性的唯一标准。苏珊·朗格说：“一件优秀的艺术品所表现出来的富有活力的感觉和情绪是直接融合在形式之中的，它看上去不是象征出来的，而是直接呈现出来的。形式与情感在结构上是如此

① 古斯塔夫·弗莱塔克：《论戏剧情节》，张玉书译，上海译文出版社，1981年10月版，第10页。
② 古斯塔夫·弗莱塔克：《论戏剧情节》，张玉书译，上海译文出版社，1981年10月版，第10页。
③ 苏珊·朗格：《艺术问题》，中国社会科学出版社，1983年6月版，第25页。
④ 霍洛道夫：《戏剧结构》，李明琨、高士彦译，华东师范大学出版社，1981年7月版，第13页。

一致，以至于在人们看来符号与符号表现的意义似乎就是同一种东西”①，“对美的发现和对语义的洞察都必须是直觉的。……所谓对美的发现，就是对意味的发现，亦即一种近似于对意义的领会的发现。”② 这两段话可看作是对艺术的最高标准，即情感内在于形式，意义内在于情感。③ 一部优秀的戏剧作品必然符合这一标准，因此，情感、形式与意义的统一，也是对“戏剧性”的最高要求。谭霈生先生综合了以上的标准和要求，针对戏剧的对象和戏剧的形式特征，给出了“戏剧性”的界定。

> 在假定性的情境中展开直观的动作，而这样的情境又能产生悬念、导致冲突；悬念吸引、诱导着观众，使他们通过因果相承的动作洞察到人物性格和人物关系的本质。④

给出了审美意义上的“戏剧性”概念之后，谭霈生先生又紧接着做了两点重要的补充：其一，一出戏的基本单位是戏剧场面，场面的选择和处理都直接关系到“戏剧性”，而一出戏是否具有“戏剧性”，首先也要在一个个场面中受到检验。其二，在一出戏中，每个片段，场面当然应该具有戏剧性，但局部的“戏剧性”却应该服从总体的统一性。⑤

如果前面的定义是对“内部构成的戏剧性”的界定，那么这两点补充就是谭霈生先生对“外部呈现的戏剧性”的说明。在《论戏剧性》一书中，谭先生说场面是“戏剧情节的最小单位”；《戏剧本体论》中，谭先生的研究深入

① 苏珊·朗格：《艺术问题》，中国社会科学出版社，1983 年 6 月版，第 24 页。
② 苏珊·朗格：《艺术问题》，中国社会科学出版社，1983 年 6 月版，第 115 页。
③ 根据中央戏剧学院戏剧美学丁涛教授课堂笔记整理。
④ 谭霈生：《论戏剧性》，中国戏剧出版社，2005 年 2 月版，第 518 页。
⑤ 谭霈生：《论戏剧性》，中国戏剧出版社，2005 年 2 月版，第 518 页

到戏剧形式构成的本体层面——情境，但依然没有改变场面是“情境的最小单位”的本质，谈戏剧性不谈外部呈现，不深入场面及场面的组合，就是隔靴搔痒。由此也足可见谭霈生先生对“戏剧性”界定之考虑的全面和深入。

因此，本研究对哈罗德·品特戏剧中“叙事”的研究也将从内部结构中的“叙事”和外部呈现中的“叙事”这两个方面入手，去探寻其戏剧性。内部结构中的“叙事”对应的内容是情境构建的特殊方式及个性与情境契合的方式，而外部呈现中的“叙事”则对应动作在场面中的组织。这是研究“叙事”的戏剧性躲不开的两块内容。要做这两方面的研究，谭霈生先生的理论是最为有效的工具。品特自己曾经警告观众说，他在剧中“贩卖”的材料都是假的，这些材料包括事件及人物关系。也就是说，传统戏剧戏剧性藉以产生的元素在品特的剧作中统统成为了假象，来自别处的戏剧性让品特的戏剧因此呈现出一种奇异的美。品特的戏剧之所以呈现出别样的风貌，就取决于他构建情境的特殊方式，他总是以各种各样的手法将情境中确定的要素加以隐藏或者暗示，从而使他的戏剧呈现出一种神秘的氛围，斯泰恩曾经评论说出现在他早期戏剧中的这类手法是“没有必要”的，有“捉弄观众”之嫌，但是，只要我们把隐藏的情境理出来，并由此入手去反观人物，分析行动，表层之下的潜流就会浮出水面，“假材料”背后的真相便也清晰可见了。也就是说，造就“品特式”风格的，并不是什么神秘元素，而是构建情境的特殊手法，正是情境使“叙事”因素成为了组织行动、揭示动机的最有表现力的手段。可以这样说，解开了情境构建的奥秘，便解开了品特戏剧的奥秘，做到这一点，不但会丰富现代戏剧的创作理论，还将为品特戏剧的舞台演出提供切实可依的理论支撑。

三、品特戏剧中的"叙事"手段

关于界定不同艺术样式的本体特征，谭霈生先生提出了三个方面的基础性问题："其一，它们采用的艺术手段；其二，艺术形象的存在形态；其三，欣赏艺术形象的途径和方式等。"① 而"戏剧作为一种独立艺术的本质特征，无论是艺术形象的存在形态，还是欣赏艺术形象的途径和方法，都受制于它的艺术手段——动作。"② 谭先生在综合了这三个方面的特征之后，就"行动的时态"提出了戏剧与"叙事"的区别：叙事用语言（文字）叙述人的行动，形象的时态感是"过去完成式"；而戏剧则是用动作把人的动作直观呈现在舞台上，观众的时态感是"现在进行式"。③

也就是说，叙事体中存在一个叙述者，正是这个叙述者使被叙述者的行动成为了过去，观众接受的是"已然发生过"的行动。而戏剧中，在舞台上的人物将自己的行动展示完毕之前，一切都是未知的，观众接受的是"正在进行着"的动作。那么，要确定一个行动是不是"正在进行着"的，首先要确定的就是剧本中人物的行动背后，存不存在一个"讲述者"。彼得·斯丛狄之所以认为戏剧中需要一个"叙事形式的主体"或者"叙事的自我"，源于他指出的现代戏剧内容与形式上存在着的矛盾，"一方面是以当下的人际互动关系为中心的传统戏剧形式；另一方面是沉溺于过去和梦幻、退居到内心、陷于沉默和被动中的人物构成戏剧的中心内容"④，也即，他认为现代戏剧中主人公

① 谭霈生：《戏剧与叙事》，《四川戏剧》，2013 年第七期，第 5 页。
② 谭霈生：《戏剧与叙事》，《四川戏剧》，2013 年第七期，第 5 页。
③ 谭霈生：《戏剧与叙事》，《四川戏剧》，2013 年第七期，第 5 页。
④ 彼得·斯丛狄：《现代戏剧理论》，王建译，北京大学出版社，2006 年 3 月版，第 14 页。

的动作已不由“人际互动关系”的纠葛而产生。在过去和梦幻中沉溺，在内心和沉默中退守的人们要表达自己就需要一个“叙述者”，这个叙述者或者是外在于人物的“讲述者”，或者由人物自身充当自我表达的“讲述者”，其中外在于人物的“讲述者”可能是剧本中的“讲解者”角色，也可能是隐藏在背后的“剧作者”。目前一些有关“戏剧叙事学”的理论研究视角就落在这里。比如，李启斌的论文《戏剧文学文本叙事学的理论构成》就围绕一个故事“讲什么”“谁在讲”“怎么讲”三个角度，分三个部分展开论述，一是“故事本身”；二是“叙事者”；三是“话语形态”。在第二部分，作者又从“叙事人称”“叙事聚焦”“叙事方式”三个角度分析了叙事者与故事之间的不同关系，认为戏剧中，剧作者是隐藏的叙事者，除此之外，剧本中还有其他以角色身份出现的叙述者，比如戏曲舞台上的“打背躬”，一个角色背着另一角色与观众交流。作者将戏剧中的叙述者分为两种情况，一种是有公开叙述者的人称叙事还有一种是没有公开叙述者的非人称叙事。总之，作者认为角色的展示是剧作者意图的体现。此外，作者根据黑格尔的说法：“全面适用的戏剧形式是对话，只有通过对话，剧中角色才能互相传达自己的性格和目的，既谈到各自的特殊状况，也谈到各自的情致所依据的实体性因素”，认为角色间的对白是“内交流”，角色与观众的交流是“外交流”，这是区分人称叙事和非人称叙事的原则所在。且不说“戏剧叙事学”的研究有没有道理，要探究“叙事”的戏剧性，我们首先需要面对的是这样一个再明确不过的疑问：“现代戏剧艺术”中的主人公（如果还存在的话）是否由“行动主体”转换成“叙述主体”？[①]

这是谭霈生先生对彼得·斯丛狄所谓戏剧需要引入“叙事形式的主体”或“叙事的自我”的疑问性回答。戏剧真的需要吗？或者说很多现代戏剧中

① 谭霈生：《戏剧与叙事》，《四川戏剧》，2013 年第七期，第 12 页。

已经出现的那些貌似“叙述主体”的人物是否就可贸然称之为“叙述者”？彼得·斯丛狄将“人际互动关系”视为戏剧的形式构成，认为消解了“人际互动关系”便消解了戏剧性，戏剧的形式结构便坍塌了，殊不知他犯的正是苏珊·朗格说的那个把“艺术的创造法则”当作了“艺术的原则”的错误，也即把手段当作了形式。在谈到这一问题时，苏珊·朗格甚至将批判的矛头指向了亚里士多德。

> 对于希腊戏剧的创造法则，亚里士多德有着全面的和清晰的理解，在这同时，他又看到了戏剧构造和史诗构造之间的某些类似性，因为他看到在史诗中偶尔也可以找到那些存在于戏剧中的重要形式（如抒情形式、田园诗形式和颂诗形式）。这样一来他就满足于把戏剧创造法则——情节和人物的关系，歌唱节奏和情节活动节奏之间的关系，熟悉的情节划分，有名的联结方式，总之，希腊悲剧的一切重要创造法则——都当成了诗歌艺术本身的基本原则。①

意思十分清楚，苏珊·朗格肯定亚里士多德从古希腊戏剧的创作实践中看到的戏剧创造法则，但她又责怪他没有看清楚“戏剧构造”和“史诗构造”之间的根本区别，仅去掉了两者之间的相似性，就贸然把希腊悲剧的“一切重要创造法则”——各种关系的处理和技巧方式，当成了戏剧的形式——“诗歌艺术本身的基本原则”。如果亚里士多德的缺失情有可原，彼得·斯丛狄将戏剧形式构成意义上的关系狭隘地理解为“人际互动关系”，就堪称不了解戏剧的外行之见了。“把戏剧中的人际互动关系理解为只能是矛盾关系，进一步

① 苏珊·朗格：《艺术问题》，中国社会科学出版社，1983 年 6 月版，第 111 页。

把处理矛盾关系的方式限定为冲突，作为一种戏剧主张，曾经成为戏剧理论的主流观念。但是，这种‘唯冲突论’早已遭遇现代戏剧的挑战，被宣布过时了。”①虽然我们已经看清了斯丛狄理论上的偏差，但是他在《现代戏剧理论》一书中列出的现代戏剧呈现出的新景象，不可否认是值得我们付出努力去研究的理论新方向。具体到哈罗德·品特，他剧作中大量出现的“往事”，通篇的“叙述性”独白，以及容易引人质疑有一个“幕后剧作家”的大量“停顿”和“静场”等舞台说明的使用，这些带有“叙事”色彩的现象都是值得我们摆出来去细细研究的。归根到底，我们要进入剧本，去发现这些“叙事”的背后存不存在一个“叙事者”。如果“叙事”没有改变“戏剧艺术的原则”，而仅仅是一种“戏剧艺术的创造法则”，那么，相比于传统戏剧，品特对这些手段的运用有何特殊之处，是接下来要关注的重点。

1. 浓墨重彩的“往事”与简洁留白的“现在”

“往事”在品特戏剧，尤其是他的中期“回忆剧”（也有人称“记忆的戏剧”②）中，不论所占的分量还是所起的作用，都已经与传统戏剧大不相同。为了有个参照，更好地说明这个问题，先简要梳理一下传统戏剧中对“往事”的处理是十分必要的。戏剧中对“往事”的戏剧化处理，有的理论家称之为“回顾式”，有的称之为“分析方法”，也有人称之为“倒叙式”或“锁闭式”。成功地在追溯往事中推进现实行动的剧作俯拾皆是，比如曹禺先生的《雷雨》，易卜生的《群鬼》《玩偶之家》，等等，但是最早的范例要追溯到索福克勒斯的《俄狄浦斯王》。谭霈生先生对这部剧作的结构作了细致地分析，他说所谓“回顾式”的结构方法，“指的是从一系列因果相承的事件中，选取临近结局

① 谭霈生：《戏剧与叙事》，《四川戏剧》，2013 年第七期，第 15 页。

② 王岚、陈红薇：《当代英国戏剧史》，北京大学出版社，2007 年 9 月版，第 117 页。

的事件作为剧本情节的主体内容，在情节发展中用'回顾''倒叙'的方法，把以前的事件交代出来。"[①]随后，谭先生又总结了这种结构方式的长处，认为《俄狄浦斯王》之所以能在这种结构方式上获得成功，首先就在于它的选材，人物不多，关系简单，"倒叙"能把剧情理清楚，也就是说，结构方法与题材是相互适合的，无碍于内容的表现。再者，这种结构方式将原本浩繁的事件，四十年的时间跨度和若干剧情涉及的地点及人物，都处理为一系列因果相承的事件，安排在一天之内，集中于"忒拜王宫前院"这一个地点，最为重要的是，这种结构方式使戏剧行动整一为"俄狄浦斯为解救城邦而追查凶手"这一焦点，使全剧成为了一个有机整体。最后，这种结构方式将一些繁杂的事件过程和人物推到幕后，在明场紧抓主人公的主要行动，集中笔力将情节推向高潮。但是，这种结构方式也有缺点，那就是"回顾式"结构方法"由于人物少，场景变化少，人物行动单纯，写得不好，戏容易平淡无味；同时，由于需要交代的往事很多，处理不好，容易造成场面拖沓、行动进展缓慢，甚至造成情节的停滞、中断。"[②]

问题是，"回顾式"最大的难处还不在于怎样将以上三点结构上的优势发挥出来，它最关键的还在于怎样将往事"戏剧化"，也就是如何将"回叙"变成"戏"，因为戏剧的动作是此时此地演员在舞台上的直观呈现，因此，进一步说也就是如何将"回顾往事"变成"当下的行动"，否则"回顾往事"就会变成"叙述者"的静止叙述而丧失戏剧性。亚里士多德从《俄狄浦斯王》中发现了"发现"和"转变"的戏剧技巧，并规定戏剧"最好的形式"是"发现"同时引起"转变"。谭霈生先生进一步分析了这两个技巧在将往事"戏剧化"上所起到的作用，他说："俄狄浦斯为解救城邦的苦难，顽强地追杀杀死

① 谭霈生：《世界名剧欣赏》，中国戏剧出版社，2005年2月版，第16页。
② 谭霈生：《世界名剧欣赏》，中国戏剧出版社，2005年2月版，第18页。

拉伊俄斯的凶手；在追查中，他一步一步发现自己同拉伊俄斯的关系，一步一步接近自己的厄运，直到真相大白，他决心毁灭自己。在这个过程中，剧作家把安排在幕前的往事，一件件交代出来，有如剥茧抽丝，每交代一件，都让俄狄浦斯有所‘发现’，同时，也就推动他向‘逆境’转变；而这一次一次的‘发现’和‘转变’，就构成了剧情发展的戏剧性转折。正是由于布局的合理，才使得那些叙述、回顾的内容，同戏的进展融合在一起，前者成为后者的推动力。”[①]那么，“发现”又是怎么起作用引起了“转变”呢？“‘发现’如果指的是对剧中人物相互关系真相的发现，指的是剧中人物对自己厄运的发现，而这种‘发现’又是在回顾某些往事时出现的；那么，它要同时引起剧情的‘突转’，就需要在回顾的往事和现在发生的事情（‘突转’）之间，找到因果关系。往事成为推动剧情发展的因，回顾往事引起‘发现’，‘突转’同时出现，后者是前者的必然结果”[②]“发现”和“突转”是传统“回顾式”结构的两个重要技巧，正是这两个技巧将“往事”和舞台上“现在进行”的行动紧密联系在一起，成为了实现“往事戏剧化”最有效的途径。谭霈生先生在以《俄狄浦斯王》为例谈这两个技巧在“回顾式”结构中的作用机制时，强调的是“回顾部分”和“主人公在剧中的中心行动”的“因果联系”，正是因果联系使整部戏剧成为了一个充满活力、具有内生性的“有机整体”。

彼得·斯丛狄在他的《现代戏剧理论》一书中也谈到了《俄狄浦斯王》，他将这种通过回顾往事来推进情节的结构方式称为“分析技巧”：“在索福克勒斯这里，分析技巧是素材本身所要求的，不是鉴于某种规定的戏剧形式，而是为了显示最纯粹和最浓厚的悲剧性。”[③]意思很明显，选用这种结构方式，完

① 谭霈生：《世界名剧欣赏》，中国戏剧出版社，2005年2月版，第20页。
② 谭霈生：《世界名剧欣赏》，中国戏剧出版社，2005年2月版，第24—25页。
③ 彼得·斯丛狄：《现代戏剧理论》，王建译，北京大学出版社，2006年3月版，第16页。

全是为展示主人公的悲剧，是素材本身的要求，并不是作者遵循着现成的戏剧形式“结构而成”，强调戏剧题材与戏剧结构的统一。斯丛狄称“往事”为“展示部分”，他说这部戏剧里“展示部分成为多余，分析成为情节本身。看得到一切但却盲目的俄狄浦斯仿佛构成了一个虚无的中心，围绕着他的是一个知晓他命运的世界，周围世界的信使一步步地占据，直到用可怖的真相填满他的内心。不过这一真相不属于过去，不是过去，而是当下被揭示出来。……因此，《俄狄浦斯王》的情节虽然事实上发生在悲剧之前，但仍然包含在悲剧的当下之中。”① 斯丛狄认为过去的“展示部分”正是在主人公的内心逐步被“可怖的真相”填满这一悲剧性基点上，成为了戏剧化的“当下”。也就是说，尽管这部剧中有大量的“往事”部分，但是因为这些往事成就了俄狄浦斯当下的悲剧性，所以并没有失去它的戏剧性。

相反地，斯丛狄把易卜生的《博克曼》与《俄狄浦斯王》比对过之后，得出了这样的结论：“在这里，过去并不是当下的功能，而当下却更多地只是唤起过去的起因。……过去本身成为主题，即反复提到的‘漫长的岁月’和‘被摧残和被糟蹋的一生’。但是这一主题无法成为戏剧的当下。”② 也就是说，因为《博克曼》中的“往事”没有像《俄狄浦斯王》中的“展示部分”那样，服务于人物当下的“悲剧行动”，于是单薄的“当下”反而成为了引发人们去关注“往事”的起因，那“往事”就是漫长的“被摧残和被糟蹋的一生”。彼得·斯丛狄揪着“素材”的问题，认为易卜生选取的事件的本质是“长篇小说的素材”，并进一步对他的戏剧形式提出质疑，他说：“作为这种素材，它只有借助于分析技巧才能登上舞台。不过尽管如此，舞台对它来说最终还是陌生的。无论它如何与某种双重含义的当下情节相联结，它依旧被放逐到了过

① 彼得·斯丛狄：《现代戏剧理论》，王建译，北京大学出版社，2006年3月版，第16页。
② 彼得·斯丛狄：《现代戏剧理论》，王建译，北京大学出版社，2006年3月版，第21页。

去，放逐到了内心，这就是易卜生的戏剧形式问题。……因为他的出发点是叙事性的，所以他在戏剧结构上必须达到那种难以比拟的高超技艺。因为他达到了这一高超技艺，所以看不到那叙事的根基。”①

在这段话里，我们能够很容易地发现彼得·斯丛狄对戏剧的陌生，他对戏剧和叙事两种体裁的混淆甚至到了“想当然”的程度。斯丛狄认为戏剧应该去表现造成人的悲剧的“生活”，他说这种生活就是里克尔说的，“滑入我们之中，……退缩到内心，深藏到几乎无法猜测的地方。”也就是巴尔扎克说的，让“我们都悄然死去的地方”，他的意思是这种生活本身应该成为戏剧表现的重心，而易卜生却写了一堆在自己的内心世界中自欺和沉沦的毫无行动力的人，且看他下面这段话：“市民世界的内在悲剧性不是源自死亡，而是源自生活本身。……易卜生的作品完全在这一生活的笼罩之下。他以戏剧的手段揭示这隐藏的生活，打算通过戏剧人物自身来完成这一揭示，但这种方式摧毁了这一生活。他的人物只能深埋于自己的内心，靠回味‘生活的谎言’为生。……在对戏剧怀有敌意的时代中，剧作家就这样成为自己的创造物的凶手。”②从这段话里我们可以很轻易地发现，彼得·斯丛狄对戏剧的对象的模糊，直接对生活本身进行表现并不是戏剧的绝对任务，反而叙事体裁拥有更多的优势，戏剧的对象是情境中的人及人的行动。搞不清楚这个，斯丛狄对易卜生戏剧的质疑就颇有嫌疑了。

跟彼得·斯丛狄一样“模糊”的，还有英国戏剧理论家雷蒙·威廉斯，他站在“生活的幻觉”层面否定“艺术的幻觉”，认为现代戏剧呈现出来彻底抛弃社会与现实，进入一个纯粹幻想的世界的整体形态。尽管他承认“幻觉历来被看作戏剧行动中的一个成分，作家与观众自愿地共享幻觉也向来是艺

① 彼得·斯丛狄：《现代戏剧理论》，王建译，北京大学出版社，2006年3月版，第22—23页。
② 彼得·斯丛狄：《现代戏剧理论》，王建译，北京大学出版社，2006年3月版，第24页。

术的本质，它是被以假当真的"，然而他觉得，"在有些重要作品中我们现在看到的是一个彻底幻觉性的行动，或者说是朝着那一方向努力的行动。这种幻觉不是通往真实的途径，而是幻觉本身的一种表征。艺术家和作品本身于是抗议那些可能会变得真实的表达环境。仅这一条理由就足以将传统的程序拒之门外。"① 相对于那些完全拒绝传统，走上"幻觉"之路的剧作家，雷蒙对契诃夫的戏剧很满意，是因为他所有的作品都还有"'公共'和'私人'之间不可逃避的联系"。② 而后来的戏剧世界充满了"内疚和幻觉"，他认为这内疚是源自于"虚伪的人际关系"，是"正直和真诚的人际关系已经没有可能"了的现实世界，而只有"幻觉"才能使人"逃避内疚"，"使人免受苦难"，是"保持纯洁的唯一途径"，这样的戏剧不是真正好的戏剧。基于对戏剧的这种"模糊"和"误解"，他认为"幻觉与暴力的共存，以及主题的虚无、交流的失败和意义的匮乏不过是某种戏剧传统的创作模式而已"，是"最新而又最资产阶级的陈词滥调"，在遵循此类传统的剧作家里，"品特有时也可以算一个"。③

尽管斯丛狄和雷蒙的研究中存在着谬误，且斯丛狄在《现代戏剧理论（1880—1950）》一书中提出的理论并不涵盖品特的作品，但却从侧面提出了一个值得我们深入研究的问题："被放逐到过去和内心"的人作为戏剧舞台上的主人公，"回忆往事"作为主人公的当下动作，是如何体现戏剧性的？回答不出这个问题，就无法反击斯丛狄关于"出发点是叙事性"的质疑。哈罗德·品特的中期"回忆剧"，包括《往日》《无人之境》《风景》《沉默》《背叛》，晚期"政治剧"作品比如《归于尘土》等都具有这样的特点。我们都知道，戏剧是用行动表现人的深沉复杂的内在情感，剧作家的创造力也最大程度地

① 雷蒙·威廉斯：《现代悲剧》，丁尔苏译，译林出版社，2007年1月版，第138页。
② 雷蒙·威廉斯：《现代悲剧》，丁尔苏译，译林出版社，2007年1月版，第144页。
③ 雷蒙·威廉斯：《现代悲剧》，丁尔苏译，译林出版社，2007年1月版，第152页。

体现于将人物丰富复杂的内在生命外化为行动，这一外化的过程必须遵循“戏剧性”的原则，也即让外化了的行动充满揭示性。因此，高明的剧作家总是那些最有效率地将人物丰富复杂的内在情感和最丰富多变的动作加以交合的人们，但是哈罗德·品特却将人的复杂内在外化成了“回忆”和“独白”。品特在不同的剧本里对“往事”的处理不同，在《往日》中，“往事”成为了三个主人公互相争夺支配权的阵地和战场，他们在现实的世界中回避着矛盾，却在“回忆”的阵地上刀剑相向，疯狂厮杀。《无人之境》里，人们在编造的“往事”中重塑着自我，用“往事”来自我保护或者展开攻击，以及在对“往事”的虚构性“回叙”中建立关系，实现交流。在《归于尘土》中，因为无法面对和禁止谈论，悲惨的“往事”经过梦幻加工后出现在妻子的“回叙”里，同时，对“往事”的回叙过程又成为夫妻二人相互控制的一场“战争”。第二章将有详细解读，在此不多加赘述。

2.“叙述性”独白

《房间》中，罗斯太太有一个“哑巴”“聋子”丈夫赫德先生。寒冷的冬夜，赫德先生要出门一趟，罗斯太太正在给他准备饭，把咸肉、煎蛋、茶水、面包和牛奶不断地递到赫德先生跟前，她贴心地照顾着丈夫的一切，一个人絮絮叨叨。赫德先生一边吃一边翻着报纸，对罗斯太太的话充耳不闻，仿佛她不存在一样，而他自己则像一个物一样的存在，不但对自己的妻子视而不见，连家里来了客人与他打招呼他也视若无睹，就像不在一个空间维度里。但是，赫德先生既不聋又不哑。在这部戏剧里，罗斯太太面对丈夫的所有语言都是“叙述性”的独白，尽管有说话的对象，但是对象不与她“交流”。在这里，我想有必要将契诃夫戏剧中的“独白”拿来作为参照，彼得·斯丛狄在《现代戏剧理论》中专辟章节分析其“独白”的发生机制，我们来看看他的分析所依据的道理。

彼得·斯丛狄认为，契诃夫戏剧中"独白"的实现，是通过"对戏剧中最重要的两个形式范畴——情节和对话——的拒绝来实现的"，人物拒绝当下并持续不断地分析自己的命运，也就是说让人物在情节和对话中拒绝情节和对话，从而实现了在传统的戏剧形式中对传统戏剧形式的反叛。前面我们已经分析过，情节和对话不等于戏剧的形式。斯丛狄分析到，契诃夫笔下的人物有对当下的双重弃绝，"弃绝当下和弃绝交流"，"弃绝当下就是生活在回忆和乌托邦之中。弃绝相遇就是孤独。……过去的重负和当下的不满孤立了每个人。他们都在反思自己的生活，迷失在他们的回忆之中，在痛苦中努力地分析着无聊。"① 而这双重弃绝就是契诃夫戏剧的主题。斯丛狄进一步分析说，为了显示这"独白"的光辉，契诃夫不惜为人物安排零碎的情节和毫无分量的对话："这些情节要素毫无关联地并列起来，纳入很久以来被认为缺少悬念的四幕架构，这一切都显露出这些要素在形式整体中的位置：它们没有真正的表达作用，使用它们是为了使主题稍稍动起来，这样才能使对话成为可能。……不过连对话也同样毫无分量，仿佛是浅淡的基色，与它相比，装扮成回复的独白十分显目，就像凝聚了整体意义的色点。在这些听天由命的自我分析中，几乎所有人都各自发言，它们构成了作品的基调，作品是为此而写的。……它们不是传统的字面意义上的独白。它们不是起源于情境，而是起源于主题。"② 如果斯丛狄不认为契诃夫的"独白"是源于情境的"动作"，而是源于主题的"安排"，那么，这一观点只能佐证他在混淆戏剧体与叙事体的错误道路上越走越远了。

总结一下斯丛狄对契诃夫式"独白"发生机制的分析，即独白从对白中

① 彼得·斯丛狄：《现代戏剧理论》，王建译，北京大学出版社，2006年3月版，第25—27页。
② 彼得·斯丛狄：《现代戏剧理论》，王建译，北京大学出版社，2006年3月版，第29页。

产生。社交场合的苍白对话让人物的自我剖析显得那样深沉与厚重，也就是说，社交场合中的对话本身“使说话者处于独自一人的状态。就这样，无足轻重的对话几乎是毫不起眼地过渡到举足轻重的自我对话”，[①] 据此他断言，“在自我对话中，作品作为整体离开了戏剧的特性，具有诗歌的特性”。[②] 斯丛狄将契诃夫戏剧的对白与独白对立起来，认为存在着一个“‘独白式’的主题和‘对白式’的表达”的内在矛盾，“尽管这一矛盾并没有导致戏剧形式的崩裂”，但是，这种倾向已经开始偏离“戏剧的特性”了。斯丛狄还列举了《三姐妹》中安德烈与耳聋的费拉彭特的一段对话，来说明这种自说自话，是如何“使戏剧形式本身遭到质疑”的，他说，“安德烈的独白不是来自对白，而是源于对对白的否定。这一自说自话具有强烈的表现力，这一表现力的基础在于，它与真实的对话之间存在着痛苦——戏仿式的对立，这种自说自话使得对白成为乌托邦。”[③] 也就是说，因为对话者是聋子，安德烈的这段独白不是从对白中产生出来，而是因为对话无法实现所以才自说自话，安德烈由此成了一个自言自语的“自我叙述者”，这样的结果是否定了对白，进而否定了戏剧的形式。

斯丛狄的错误一目了然。前面我们已经分析过，“情节与对话”不等于戏剧的形式，“独白”更不意味着离开了戏剧的特性，走到了诗歌的道路上。假设斯丛狄的观点成立，那么，像《房间》这样，“不是独自一人时，而是在社交场合中说出来”的独白，连对白都省掉了，甚至干脆直接让一方成为“聋子和哑巴”，另一方顾自独白，那么，我们简直可以说是品特不负责任的“任意妄为”了。比《房间》更甚，品特在《微痛》中设置了一个“卖火柴的老

① 彼得·斯丛狄：《现代戏剧理论》，王建译，北京大学出版社，2006 年 3 月版，第 29 页。
② 彼得·斯丛狄：《现代戏剧理论》，王建译，北京大学出版社，2006 年 3 月版，第 29 页。
③ 彼得·斯丛狄：《现代戏剧理论》，王建译，北京大学出版社，2006 年 3 月版，第 32 页。

人”的角色，这个老人像尊雕塑一样在爱德华和芙萝拉家后门的小巷里站了好几个星期，每天七点的时候就已经站在他们家的后门那里，谁也不知道他是不是晚上也在那。爱德华终于忍无可忍，他要弄清楚为什么这个人要站在这条行人寥落的巷子里，站在他们家门口卖该死的火柴，而且风雨无阻。他叫芙萝拉把老人请进了他的书房。这个老人能听得懂爱德华的简单命令，会接受他递给他的食物和酒，但是无法回答爱德华的提问，也无法对爱德华的情绪做出回应。也许他根本就是个哑巴，只是一个年老又迟缓的存在。爱德华暴躁而强势地想知道他是谁，反而被他无意义的细微动作和表情控制，把自己掏了个一干二净，最后精疲力竭却一无所获，彻底崩溃。这个落魄的默默地坚守在后门的老人，却让芙萝拉想起了年轻时候“侵犯”过她的盗猎贼，她对他念念不忘，于是她温柔地对待这个肮脏的老人，把他唤作“巴纳巴斯”，给他放好洗澡水，以前她为爱德华准备的以后将都属于“巴纳巴斯”，她会带他去看她的花园，并且给他撑好了遮阳伞，她牵着他的手走向花园，最后把他的托盘递给瘫在地上的爱德华，说：“爱德华，这是你的托盘。”① 难道我们能说，爱德华和芙萝拉跟卖火柴的老人的“独白”是对对白的否定，是对戏剧的否定？“跟一个耳聋的人对话”，是彼得·斯丛狄总结出的在对白中实现独白的三种方式之一，另外两种方式是回忆过去和憧憬未来。品特剧中的“聋哑人”并不是费拉彭特式的生理上的缺陷，而是把人的普遍状态的抽象化为具有某种特征的人，这正是品特戏剧的特色之一。

另外，《月光》中有一个神秘的角色，十六岁的女孩布里奇特，安迪和贝尔的女儿，她以纯然独白者的形象出现在舞台上。但是剧中有一个她十四岁时候的场景，她跟两个哥哥，十八岁的杰克和十七岁的弗雷德在一起，杰克

① 廖本瑞：《哈罗德·品特戏剧研究》，书林出版有限公司，1994 年 8 月版，第 252 页。

想搭别人的车去阿默舍姆的音乐会，弗雷德要跟去，杰克不带他，布里奇特被他们吵得不轻，她想一个人待着看书。这是全剧中唯一一个兄妹三人以活生生自己的面目出现的场面，吵闹中流淌着真切的亲情之爱。今天，是十年之后，安迪要死了，他在等着儿女们来见他最后一面。杰克和弗雷德在一处破旧简陋的卧室里，他们完全沉沦在父亲的阴影和一套套流行的价值观及社会现象中，像两个被洗了脑的木偶，整日坐在床上夸夸其谈，他们知道这种状况的危害，但什么也做不了。布里奇特作为“独白者”，以十六岁的面目出现在舞台上，跟“当下的”其他戏剧人物没有任何“人际互动关系”，她隐藏在自己的“丛林”里，站在灯光昏暗的表演区独白：

> 我在一个茂密的丛林中慢慢走着。但我并不感到窒息。我能呼吸。那是因为我能透过树叶看见天空。
>
> 【停顿。
>
> 我被花儿围着。木槿，夹竹桃，九重葛，兰花楹。我脚下的草地是松软的。
>
> 【停顿。
>
> 我越过多少艰难险阻才到达这里。荆棘，岩石，刺人的荨麻，带倒钩的铁丝网，沟渠里男人和女人的尸骨。那儿无处藏身。那儿没有退路。那儿没有缓冲，没有隐蔽。
>
> 【停顿。
>
> 但是这里有隐蔽之处。我可以躲藏。我藏了起来。花儿围绕着我，但是它们不会阻挡我。我是自由的。隐蔽而又自由。我不再是一个囚徒。我不再迷失。没有人能够发现我或者看见我。只有这座丛林的眼睛，树叶中的眼睛，可以看见我。

但是它们不想伤害我。

【停顿。

有一股燃烧的气味。一股天鹅绒的气味，非常浓厚，一阵钟声般的回响。

【停顿。

世界上没有人能够发现我。[1]

不管是“有对象”独白，还是纯然的“独白者”角色，这里的问题是，以“叙述性”独白为语言的他们，已经变成了“叙事的自我”呢，还是仍然是“行动的主体”？本文第三章将以品特使用“叙述性”独白更为极致的剧作——《风景》与《沉默》为例来具体分析。

3. 剧作家的舞台说明——停顿、静场与空行

关于戏剧的语言，哈罗德·品特说：“语言，在这些情况下，是一种非常晦涩的东西。在说出的词语之下，经常是已经知道而又没有说出的东西。关于自己的经历、追求、动机和历史，我的人物告诉我的就这么多。一边是我不提供他们的身世，另一边是他们含糊其词，在这二者之间，存在着一个不仅值得，而且必须探索的地带。你和我，以及书页上逐渐形成的人物，我们在大多数时间里都是没有表现力的，不露真情，不可信赖，难以捉摸，含糊其词，障碍重重，扭扭捏捏。但正是在这些东西中，语言诞生了。再说一遍，语言，就是在其所说的东西之下，说了另外一种东西。”[2] 这个必须探索的地带就是“停顿”“静场”和“空行”所标示的地带，深藏在语言之下的另外一

① 品特：《归于尘土》，华明译，译林出版社，2010 年 9 月版，第 258 页。本书引用的中文版品特剧本皆来自此书。

② 品特：《归于尘土》，华明译，译林出版社，2010 年 9 月版，第 324 页。

种语言就在这沉默的间歇流淌着，激荡着。在品特的剧作中，这三种“沉默”都以舞台说明的形式出现在剧本中，数量之庞大令人惊叹。[①] 如此频繁地使用“沉默”，再加上剧中人背景模糊，关系不清，事件不明，含糊其词，乍一读来的确会让人质疑究竟是剧中人“动作”性质的沉默，还是剧作家为了营造某种神秘氛围故意制造的沉默？尤其是长时间的静场，是特别容易让观众“发现”剧作家的地方。

中国早期的戏剧叙事学研究认为，戏剧中有一个“隐含的剧作者”在调控和补充情节的发展进程，他们以《雷雨》中繁漪第一次出场前，曹禺先生在舞台提示中对她的细致说明为例，谈“隐含的剧作者”的叙述作用：“《雷雨》每个人物首次出场，或者性格发生变化时，不甘寂寞的‘隐含的剧作者’便通过舞台说明表现出他的显在叙述作用。……显而易见这是由剧作者创造出来的‘第二自我’——‘隐含的剧作者’以显在戏剧叙述方式叙述出来的。他把人物形象的描绘和对人物性格命运的评述结合在一起，极大地弥补了单纯由人物对话进行潜在戏剧叙述给剧情表现带来的不足，使‘隐含的剧作者’的作用表现得更加充分和完善；也使舞台说明的作用不仅仅局限于演员理解角色性格、把握表演尺度方面。读者阅读戏剧文本时，能够通过人物对话也能通过舞台提示和说明，充分把握剧中人物的性格。恰如剧作者明确告诉他们的一样，这一点与中国传统戏剧中人物上场时的自我介绍相似，只是叙述者有所不同。”[②]

① 上海政法学院外国语学院教师王燕在她的论文《品特戏剧话语里沉默的表象与特征》中，根据品特全部剧本的电子版，对品特在“舞台说明”中用以标示“沉默”的方式及出现的数量做出统计，主要有：“暂停”（pause）共 1966 处，其中，长时间暂停（long pause）1 处，暂停（pause）1922 处，短时间暂停（short pause）1 处，稍微暂停（slight pause）42 处；“沉默”（silence）共 345 处，其中，沉默（silence）333 处，长时间的沉默（long silence）11 处，短暂的沉默（short silence）1 处；由标点符号所代表的沉默共 2116 处，其中，六点停顿（……）14 处，五点停顿（·····）5 处，四点停顿（····）51 处，三点停顿（···）1571 处，两点停顿（··）15 处，破折号（——）460 处，等等。本文中只讨论“停顿”“静场”与“空行”三种方式。

② 苏永旭：《戏剧叙事学研究》，中国戏剧出版社，2004 年 10 月版，第 319 页。

持这一观点的研究者认为，还有一个“潜在的戏剧叙述”与“显在的戏剧叙述”相对应，两者相互补充、共同作用实现了戏剧情节叙述的整体策略，而对这一策略运用最好的就是以“回溯法”结构的戏剧。在这里，为了更加清晰地了解这一研究视角，我再将他们总结出的“潜在与显在两种叙述方式的关系”摘引如下。

> 无论剧情表现的事件发生在何种时空范围之内，只要放在明场进行舞台潜在的戏剧叙述，就是把它想象成为正在观众面前进行着的、发生着的；如果将事件的某一部分放在幕后或幕间，通过出场人物的对话进行显在的戏剧叙述，那么，这一部分就成为过去的了。这即是“现在的戏剧”和“过去的戏剧”。而“过去的戏剧”通过显在的戏剧叙述方式表现出来，在整个戏剧结构中占据相当重要的地位。因为，没有“过去的戏剧”，“现在的戏剧”则没有进行潜在戏剧叙述的根基。①

上面这段话的意思是，放在明场进行，情节直接发生在观众面前的是“现在进行时的”的戏剧，属于“潜在的戏剧叙述”，由角色本身推进情节发展。而幕后或幕间的内容属于“过去的戏剧”，这一部分得由剧作家安排，通过明场登场人物的台词或对话进行交代，否则明场的情节也无法发展。在持这一观点的研究者看来，剧作家的身影简直无处不在，剧作家的安排可谓处心积虑。诚然，戏剧如一切其他的文学体裁和艺术门类一样，都是由作者创造完成的，绘画有画家，雕塑有雕塑家，建筑有建筑师，音乐有演奏家，等等。

① 苏永旭：《戏剧叙事学研究》，中国戏剧出版社，2004年10月版，第315页。

每一个成功的艺术作品都融汇着创作者的创造性劳动，问题是，我们能不能从戏剧作品中发现一个剧作家？也就是说，剧作家有没有作为“叙事形式的主体”出现在戏剧中？

既然曹禺先生对舞台布景和出场人物的详尽描述，已经成为戏剧叙事学研究者们关注的重点对象，那么让我们再来看《原野》中的一例，来看看曹禺先生到底能不能称之为“隐含的叙述者”。第一幕开场，距离序幕已经十天光景，这十天时间，用金子的话来说就是真正让她知道自己是活着的十天。十天的时间不但改变了金子，更改变了仇虎，他改了打扮，人似乎也变得多愁善感起来。大幕拉开之后，金子和仇虎出场之前，两个人在幕后有一段戏，请注意曹禺先生对环境的描写。

> 远处有急促的车笛声，仿佛有一列车隐隐驶过，风在吹，乌鸦在天空成群地呼唤，屋里没有一个人。

此时仇虎在右屋用粗哑的嗓音低低唱着，中间还夹杂着粗野低沉的调笑声：“正月里探妹正月正，我与那小妹妹去逛花灯。花灯是假的哟，妹子我试试你的心哪，咿哈呀呼嘿！”金子先出场，全身洋溢着爱的满足之后的魅惑和动人，她娇嗔地撵着仇虎去找他的拜把子兄弟去。随后，仇虎一手提着旧绒帽，一手拈着一朵红花走出来，“天黑得真早啊！”这是仇虎跟金子厮磨了一天之后的第一句上场台词。这样一句话似乎跟麦克白的一句上场台词有异曲同工之妙，那是在麦克白打了大胜仗，到达人生顶峰之后的感慨：“我从来没有见过这样阴郁而又光明的日子。”光明显而易见，阴郁则是因为已经不能有更大的光明来慰藉按捺不住的野心。同样，我们也可以从仇虎的这句话里领会出两个意思：表层意思是跟金子在一起的美好的时间总是那样短促；深层的意思则是，他深深地知道那个万劫不复的永恒之夜就要来临。这就是仇虎粗哑的爱情小调和着“急促的车笛声”传达出的甜蜜又恐惧的感觉。爱情已在心里疯狂滋长，但仇必须得报！因此，在这个场面里，仇虎面对金子，外部行动的表现是“苦痛”，他“盯住”她，“狠狠地”抓着她，让她痛，咬着牙，一字一字地告诉她，“我就这么抓紧了你，你一辈子也跑不了。你魂在哪儿，我也跟你哪儿。”最深的爱和着最苦的痛就是这样野蛮的“狠”。

我们要看曹禺先生是不是“隐含的叙述者”，就要看他对环境的描述是否是主要人物行动的有机构成，也就是说，要看作者笔下的“环境”是否是促动人物产生行动的“情境的必要构成”，如果环境的描写参与了情境构成，那么就可以说剧作者“现身”影响了人物的行动，参与了情节的发展，到那个时候，关于这部作品是戏剧体还是叙述体就另当别论了。可是在这个例子中，非常明显，促动仇虎去行动的情境是由“阎王死了，他要杀掉无辜的大星”这一具体事件，及这十天时间里他与金子发展的爱情关系来构成的。有没有以上的环境描写，仇虎的行动都不会改变。因此，曹禺先生的“舞台提示”只是舞台提示而已，导演二度创作的时候，可以采用也可以不采用，无关紧要，要说它的作用，可能更有助于在文本阅读的时候理解人物，感受气氛，但它根本不参与情境构成和情节发展。而事件和人物关系则是动不得的，牵一发而动全身。

我们再来看一个《日出》中的例子。第一幕中，陈白露接待了自己的老朋友方达生，他们说了很多话，方达生说起话来尽管让白露觉得别扭，像不谙世事的小孩子思维，但他还是给她带来了久违的温暖和快乐。白露撕了方达生的回程票，哄着他把他留下来，给他安排了房间，让他看看这个世界的真相。方达生下场之后，小东西出场之前，曹禺先生安排了一个陈白露的单人场面，这个场面是用舞台提示描述出来的，白露已经很累了，打着哈欠揉着眼睛，燃着一支烟，远远的一声鸡鸣。

> 她回过头，凝望着窗外漫漫浩浩一片墨影渐渐透出深蓝的颜色。如一只鸟，她轻快地飞到窗前。她悄悄地在窗上的霜屑划着痕路。丢下烟，她又笑又怕地想把脸猫似的偎在上面，‘啊！’的一声，她登时又缩回去。她不甘心，她偏把手平排地都放在霜上面。冷得那样清爽！她快意地叫出来。她笑了。她索性擦掉窗上叶子大的一块霜迹，眯着一只眼由那缝隙窥出。但她想起来了，她为什么不开了窗子看天明？她正要扭转窗上的铁链，忽然想着她应该关上灯，于是敏捷地到屋子那一端灭了亮。房屋顿时黑暗下来，只有窗子渗进一片宝蓝的光彩。
>
> 外面，在阴暗的天空里，稀微的光明以无声的足步蹑着脚四处爬上来。窗外起初是乌漆一团黑，现在由深化浅。微暗天空上面很朦胧地映入对面一片楼顶棱棱角角的轮廓，上面仿佛晾着裤袜床单一类的东西，掩映出重重叠叠的黑影。她立在窗口，斜望出去，深深吸进一口凉气，不自主地打一个寒战。远处传来低沉的工厂的汽笛声，哀悼似的长号着。

这是一个直喻性的场面，揭示的是陈白露和黎明中真实世界的关系。在这样一个静谧的早晨，一个老友的来访改变了她生活的一贯节奏，那个久违的竹筠仿佛又回来了，她突然地发现了窗上白霜的可爱，突然地想看一看窗外宝蓝色的黎明。霜回馈她快意的凉，活着是多么美好啊！于是她欢快地关了灯，把自己放在安全的黑暗里，静静地感受。然而，光明“蹑着脚四处爬上来”，把“生活”照了个一清二楚：楼顶棱棱角角生硬的轮廓，裤袜床单等杂七杂八，“掩映出重重叠叠的黑影”。来自生活的一口凉气吸进身体里，不再是快意的，而是让她打了个寒战！远处工厂的汽笛声长号着，哀悼似的。曹禺先生在这个场面里用到的全部都是明喻：活着很美好，陈白露喜欢自己的生命，但窗外的生活很可怕，工厂的汽笛每天都奏响丧曲，哀悼被庸俗吞没的人们。

很多排演《日出》的导演在进行二度创作的时候，往往会把这个曹禺用“舞台提示”描述出来的场面省略掉，现在看来是非常遗憾的。关于剧作家的舞台提示，斯坦尼斯拉夫斯基在谈歌剧的排演时，曾对他的演员们说过这样的话：“永不应把一个乐剧的舞台指示按照其文字来实行，这在乐剧中说来是非常缺乏独出心裁的，因为按照传统演员能完全自由地照自己的意思动作，只要不违背剧情与行动的逻辑性即可。”① 斯坦尼斯拉夫斯基提出演员可以忽略“舞台提示”，但是有一个绝对不能忽略的前提就是“不违背剧情与行动的逻辑性”，也即是说，如果剧作家在舞台提示中描述的内容，是整体情节及人物整体行动的一个有机组成部分，忽略舞台提示就非常不应该了。而当“舞台提示”是这种性质与作用的时候，尽管它是作者用描述性的语言呈现在剧本中的，它依然是属于人物的“动作”，而不是剧作家的“现身说法”。因此，上面陈白露的这个单人场面，我们就不能说它是曹禺先生的主观描述，只能说它是曹禺先生用描述性的语言展示了陈白露在这个场面中的动作。从这个意义上说，剧作家并没有出现在戏剧中，因为他并没有介入主要人物戏剧行动的“有机整体”。

关于剧作家与剧中人的关系，品特自己说：“假设人物拥有他自己的能量，那么我的工作就是不强加于人，不迫使他们进行虚假表达，我是指不强迫人

---

① 马格尔夏克：《斯坦尼斯拉夫斯基论舞台艺术》，邵振为译，上海文艺联合出版社，1954年3月版，第357页。

物在他不可能说话的地方说话，以他不可能有的方式说话，或者说他永远不可能说的话。作者与人物之间的关系应该是一种双向的、彼此十分尊重的关系。如果说要从写作中获得某种自由的话，那么它不是来自迫使人物摆出某种事先安排好的、精心设计的姿态，而是允许他们自己行动，给予他们真正的活动空间。这会是极为艰难的。而不让他们活起来就会轻松得多，容易得多。”[①] 品特的这段话的意思十分明确，剧作家不能干涉人物的行动，在戏剧创作中，剧作家唯一可以做的就是给予人物“真正的活动空间”，也即让人物活起来，行动起来的戏剧情境，因此，我们不能说剧作家创造了人物，如果说剧作家在一部成功的戏剧作品中有什么作为的话，那就是为他发现的人物寻找能与之契合的情境，从而实现个性的揭示，情感的表达和意义的阐发。

剧作家不创造人物，不干涉人物的自由行动，但并不意味着放任，人物的自由是整体结构中的自由，“同时我要声明，我不认为我的人物是不受控制的，或是无法无天的。他们并非如此。我所起的作用是选择与安排。事实上，我干了所有的苦役，我想我可以这样说，我一丝不苟地注意着事物的形成，从一个句子的形成，到整个剧本的完整结构。这个形成，毫不夸张地说，是头等重要的。但是我想还有一个随之而来的问题。遵循你给自己留下的线索，你通过人物进行安排并且倾听。有时可以找到平衡，此时形象可以自由地产生形象，同时，你也能够看见人物沉默与躲闪的地方。对我来说，正是在沉默中，他们最为鲜明。”[②] 剧作家尽管不干涉人物的行动自由，但又“通过人物进行安排并且倾听”，借以找到平衡。在这段话里，我们分明又看到了一个在殚精竭虑“排兵布阵”的剧作家。问题的关键在于，要弄明白“沉默与躲闪”是人物的动作还是剧作家的介入。以上面对《原野》及《日出》的举例作为

---

① 品特：《归于尘土》，华明译，译林出版社，2010 年 9 月版，第 324 页。

② 品特：《归于尘土》，华明译，译林出版社，2010 年 9 月版，第 324—325 页。

参照，我们需要搞清楚的问题是：品特剧中以“舞台说明”出现的“停顿”“静场”和“空行”究竟有没有参与情境的构成，是不是人物行动的有机组成部分。如果是，那么关于剧中存在一个“叙事形式的主体”的质疑就可打消了。这将是第三章研究的主要内容之一。

第二章

“往事”的戏剧化

梅特林克说他渴望在剧场中看到的美，是“真正的生活”。

我渴望能让我看见生活的某些场面，找到其中的联系，并且把它们的渊源和隐秘之处探索出来。……上剧场，我总是希望把我那日复一日的存在所包含的美、崇高和真挚显示给我，哪怕仅仅是一刹那也好；希望能让我看见那些我所不认识的存在、力量或上帝与我同处于斗室之中。我期待某种更高的生活以奇异的刹那在我尚未觉察的情况下忽然掠过我最惨淡的时刻。然而几乎毫无变化的情况是，我看到的一切不过是那样的人，他用令人眼见的长篇大论告诉我，他为什么忌妒，为什么放毒，或者为什么杀人。①

而品特一贯的戏剧观也是对传统“佳构剧”的反对，他坚持戏剧创作的单纯性和独立性：“专业戏剧，无论它有什么长处，都是一个充满虚假的高潮、精心设计的张力、某种歇斯底里以及大量无效劳动的世界。我想我就工作在这个世界里，而针对它发出的警报声正在越来越响亮，越来越惊人。但是我的立场基本不变，我所写的东西不服从于其他任何东西，除了它自身。”②

梅特林克的“静剧”关注的是“与宇宙面面相觑”的个人，跟在生活实事中被各种欲望淹没掉的“人”相比，他更关注人的单纯的“心理活动”，他认为这种心理活动是高尚的无限的，但如果跟那种宇宙中存在着的，令人敬

① 中国社会科学院外国文学研究资料丛刊编辑委员会：《外国现代戏剧作家论剧作》，中国社会科学出版社，1982年3月版，第35页。

② 品特：《归于尘土》，华明译，译林出版社，2010年9月版，第320页。

畏的神秘和崇高的力量或法则相比的话，甚至连心理活动也不是最奇妙的。就像《群盲》的架构，他构建了两种戏剧性的关系，这两种关系也是梅特林克对人与他生存的世界关系的抽象化表达，即"人与宇宙"和"人与他人"，人与宇宙被具体化为盲人们各自与环境的关系，人与他人则被具体化为盲人们各自与教士的关系，盲人们之间的人际关系被他弃之不用。这样，梅特林克所关注的那种抽象的"生活的令人敬畏的神秘"，就在生动的个性揭示中得以阐发。

品特的戏剧也聚焦于"生活的神秘"和"日常生活的悲剧"，"生活比戏剧所表现的要神秘得多。使我着迷的也正是这种神秘，即言谈话语之间所暗含的内容和悄然无声时所显露的意义。"① 但是他构建的关系却是实实在在的"人与人的间际关系"，因此，他的戏剧看上去像是对生活的忠实记录，甚至流于自然主义的琐碎，传统戏剧中那些可以产生戏剧性的手法是不存在的，他不去制造悬念，不去激化矛盾，甚至不去发展情节，但是一切戏剧性的元素又自然地内含在他特殊的戏剧形式中。尽管聚焦于"人与人的间际关系"，但是，这种关系绝对不是现实主义的，而是对普遍关系的抽象化，不满足于表达个体的情感欲求，而是指向于表达人类整体的"间际关系本质"，但是这种本质的揭示又是通过对具体的个性的揭示得以实现的，在这一点上，品特戏剧与现代派戏剧的整体思路是同一的。正像他自己的陈述："我确信，在我戏剧中发生的事情，会发生在任何地方、任何时间、任何地点，尽管这些事件乍一看并不熟悉。如果你要给我加上一个定义，那我会说我戏里面所发生是现实主义的，但是我正在干的事情不是现实主义。"②

因为品特的戏剧对人与人之间"间际关系本质"的揭露与表达跟荒诞派

① 斯泰恩：《现代戏剧理论与实践》，刘国彬等译，中国戏剧出版社，2002年1月版，第423页。

② 品特：《归于尘土》，华明译，译林出版社，2010年9月版，第329页。

戏剧的创作主旨不谋而合，因此他通常又被划分到“荒诞派剧作家”的阵营，但是很多人都注意到了品特与传统荒诞派在创作方法上的不同。比如，英国的J·L·斯泰恩就深刻地认识到：“品特不再被看作是用归谬法来解释现实的荒诞主义者。他的部分成就在于寻找一种戏剧方式来揭示掩饰在人们暧昧不明的日常交往后面的威胁；在于表现那些自以为互相熟识的人们之间存在着的紧张状态。”[①] 而且，“他没有把他的戏剧建立在任何流行的荒诞哲学的基础上，但他却有心要表现人们是怎样被淹没在琐屑浅薄之中的”[②]，通过细致、精确地描摹这些琐事，品特非常到位地把人们被琐屑和浅薄淹没的荒诞感传达了出来，被弃和孤独的忧虑，安全和自我本质受到威胁的痛苦，都被品特敏锐地捕捉到，并通过人物和对话客观地加以表现。尽管品特倾向于采用贝克特似的独白，但是他含蓄、隐晦的对白中显示的非凡才能是他自己的独特创造，因为他独树一帜的风格和成就，斯泰恩还把品特誉为自萧伯纳以来，英语文学中最优秀的喜剧作家。马丁·艾思林也认为品特的语言特色是构成品特风格的重要内容之一，“他在重现日常生活语言的抑扬变化和散漫无聊时的令人惊叹的精确严密”[③]，另外，“逐渐充满危险、恐惧和神秘的平淡处境”以及“行为的解释和动机的故意省略”也是品特风格的重要表现。

在品特的以表现人与人的“间际关系的本质”为主题的戏剧中，对话是非常重要的表现手段，而品特对人物之间对话的驾驭能力也让人叹为观止。关于对话，关于“真正有力量的戏剧语言”，梅特林克在《日常生活中的悲剧》一文中有一段非常重要的话，这段话用于说明品特的语言风格是再合适不过的，现摘引如下。

---

① 斯泰恩：《现代戏剧理论与实践》，刘国彬等译，中国戏剧出版社，2002年1月版，第423页。

② 斯泰恩：《现代戏剧理论与实践》，刘国彬等译，中国戏剧出版社，2002年1月版，第423页。

③ 马丁·艾思林：《荒诞派戏剧》，华明译，河北教育出版社，2003年9月版，第157页。

确实，并不是在行动中而是在言词中，人们才能从真正是美的和伟大的悲剧中找到美和伟大，而美和伟大并不单一地存在于那些陪衬行动和解释行动的台词之中，因为，除了那些出于表面的理由必须出现的对话以外，必定还有一种不同的对话。事实上，剧本中唯一真正有意义的台词是那些最初看来毫无用处的台词，这种台词才是本质的所在。在那些必须的台词以外，你几乎总是可以发现平行地存在着一种好像是多余的对话，但是只要仔细地考察，你就可以相信，这才是那种灵魂应该深沉地倾听的地方，这才是那种向灵魂致意的地方。你还可以发现，正是这些并非必须的对话的品格和见识决定了一部作品的品格和等级。……正是这一部分在那些僵硬和明显的真理之外说出来的台词才构成了最美的悲剧的神秘的美，这些台词和一种更深刻的真理是完全一致的，它不可比拟地更加接近那由整个诗篇高高擎起的看不见的灵魂。我们甚至可以说，一首诗歌能够更加靠近美和崇高的真理，因为它舍弃了那些仅仅是用来解释行动的词句，而代之以有启示意义的台词。它所揭示的并不是通常所说的“灵魂的国土”，我不知道应该叫什么，那是灵魂为了追求自己的美和真而展开的难以捉摸和永不止息的奋斗。因此，它也更加接近真的生活。①

在这段话里，我们可以深切地领会梅特林克对一种更高级更有戏剧意味的对话的追求和向往，这样的对话并不主要用来陈述事实表达欲望，在那些

① 中国社会科学院外国文学研究资料丛刊编辑委员会：《外国现代戏剧作家论剧作》，中国社会科学出版社，1982 年 3 月版，第 38—39 页。

看似琐碎甚至多余的日常对话下面，还有另一种语言在静静地流淌，这一层语言是人物没有说出来的，是供观众用灵魂去感知的“本质地带”，这个地带才是悲剧美的所在，也是“更加接近真的生活”的地带。也就是说，真正的戏剧性对白是可以听见“回声”的对白，“这正是冒险得以展开的领域，这正是你应该倾听着‘回声’的对话。……当然，它极其轻淡，而且又变化不定。然而，难道我们不应该努力去靠近这样的领域，事实上，万物都是由它而生的。”①梅特林克将这样的对白提升到至高无上的地位，因为他相信“某种深沉严肃的情势，只有用某种言词才能使它得到解释。”②剧中人物在日常对话背后的灵魂碰撞，这就是梅特林克所说的“神秘力量”，也即日常生活之外的“本质的生活”，有一些人，有灵魂的人，或者睁开了能看见灵魂的眼睛的人，他们的生活是日常生活和本质生活的融合，“他们的谈话不像我们以前曾经听见过的东西，因为诗人已经把内在和外在的对话熔铸在一种表现之中。”③

这里之所以不拘篇幅地引述梅特林克关于戏剧语言的观点，是因为他的追求与品特的语言风格有相通之处，甚至可以说品特在某种程度上实现了梅特林克对戏剧对白的向往，在他的剧作中，可以让我们窥见人物之间灵魂碰撞的地方就在那些停顿和静场的沉默间，作为品特戏剧的重要的表现手段，不把这个问题说清楚，就没法进入剧作去追索他将“往事戏剧化”的具体方式。下面进入剧本具体分析。

---

① 中国社会科学院外国文学研究资料丛刊编辑委员会：《外国现代戏剧作家论剧作》，中国社会科学出版社，1982 年 3 月版，第 40 页。

② 中国社会科学院外国文学研究资料丛刊编辑委员会：《外国现代戏剧作家论剧作》，中国社会科学出版社，1982 年 3 月版，第 39 页。

③ 中国社会科学院外国文学研究资料丛刊编辑委员会：《外国现代戏剧作家论剧作》，中国社会科学出版社，1982 年 3 月版，第 42 页。

一、现实的矛盾在虚构的“往事”中爆发——《往日》剧本分析

《往日》有三个人物，迪利与凯特是一对夫妻，居住在一个安静的海边小镇的农庄。迪利是一个地理杂志记者。安娜是凯特年轻时的朋友，两个人曾经住在一起，但是已经有二十年没见面了。今天安娜突然造访，三个人坐在一间有两张沙发和一把扶手椅的房间里闲谈，回忆“往事”，时间是秋天的傍晚。在品特的戏剧里，人物回忆什么不重要，因为品特不认为回忆的世界有真相，重要的是他们怎么回忆的。大多数的观众都对品特戏剧的模糊和神秘十分困惑，因为他不为人物提供过多的背景信息、人物关系和行动动机。品特十分理解观众为他剧中“模糊的人物”所产生的困扰，以及他们想进行核实、看清真相的欲望，但是，品特说：“进行核实的愿望是可以理解的，但是并非总能实现。在真实的东西与不真实的东西之间，没有明确区别，在真的东西与假的东西之间也没有明确区别。事物并不必然是非真即假的；它可以是既真又假的。可以对于已经发生的事物和正在发生的事物进行核实这种假定，存在着我认为是不准确的一些问题。一个舞台上的人物，他可以不表现关于他过去的经验、他现在的行为和他的意愿的令人信服的证据或者信息，也不给出对于他的动机的全面分析，仍然是正当合理的，应该像明显地做到了这些事情的人物一样，值得注意。体验越是尖锐，则表达越是含糊。”① 这段话的意思是说不应该去对人物的过去以及现在的行为中，哪些是真、哪些是假进行核实，在戏剧中，这是没有意义的，没有被赋予“具体的动机”的人物，跟那些一切都清楚无误的人物是一样的，不应追求社会学层面上的动机，而应

① 马丁·艾思林：《荒诞派戏剧》，华明译，河北教育出版社，2003年9月版，第163页。

看到人身上更具普遍性、更本质的“动机”。因为“真实”是无法认识的，唯一的真实是，剧中人对某种情感或情绪的体验越尖锐，则他们表达这种体验的行动就越回避躲闪，含糊不清。

戏剧是一种特殊的假定性体系，谭霈生先生说：“这个假定性体系包括戏剧机体中的一切部件，它的中心，则是戏剧情境的假定性。”① 而戏剧假定性情境的构建，“不管是哪一种形态，不管变形的幅度有多大，其目的就在于与剧中人物相契合，使人物灵魂最深处的隐秘活动都能充分显露出来。”② 非常明确的事实是，《往日》的情境构成已经与传统戏剧大不相同，再循着老路子去寻找是行不通的，因为若按传统视角看，此剧情境的诸要素都是不具体的，我们只知道安娜是凯特唯一的朋友，而且已经二十年没见面了，安娜为什么来不清楚，他们之间发生了什么事不具体，从他们嘴里说出来的二十年前的“往事”没有任何确定的参考价值，一切都是模糊而散乱的，但是，正如谭先生所言，情境的形态再怎样变化，个性与情境契合的本体原则不会改变。也就是说，“作为一种规定性的前提，作为一种客观的刺激力和推动力，促使人物做出反应（动机与行动），以显现人格的特质”③ 的情境的形态发生了变化，而不是戏剧的形式发生了变化，正是这种情境形态的变化造就了品特戏剧的独特风格。我们只要把“变了形”的情境构成及情境的运动理清楚，“往事”是如何戏剧化的，便一目了然了。

戏剧美学家、中央戏剧学院丁涛教授说：“没有没有事件的戏剧”。④ 事件作为情境的构成因素，“它应该是促使人物采取行动，能够引起冲突的。”⑤《往

① 谭霈生：《戏剧本体论》，中国戏剧出版社，2005 年 2 月版，第 243 页。
② 谭霈生：《戏剧本体论》，中国戏剧出版社，2005 年 2 月版，第 245 页。
③ 谭霈生：《戏剧本体论》，中国戏剧出版社，2005 年 2 月版，第 118 页。
④ 根据中央戏剧学院戏剧美学丁涛教授课堂笔记整理。
⑤ 谭霈生：《论戏剧性》，中国戏剧版社，2005 年 2 月版，第 144 页。

日》中构成情境的事件是"安娜来访"，没有这个事件便没有这出戏剧。在剧作家的笔下，安娜为什么来不重要，重要的是安娜来了，其实安娜这个人本来也没什么重要的，不过是凯特已经二十年没见面的一个"朋友"，重要的是安娜带着一种微妙的力量，介入了迪利和凯特组成的这个表面平静的"边缘家庭"，并迅速构成了一个"三方关系"，相互冲突，彼此制衡，对"往事"的回忆就像在进行一场没有硝烟的战争，看似四平八稳的对白之下是唇枪舌战，拉帮结伙，相互剥夺。为了达成现实的目的，他们不遗余力地虚构和篡改着"回忆"的内容，剥夺与支配的游戏愈演愈烈，矛盾不断升级，直至最后的爆发！品特说他处理的人物，都是"处于其生活的极端边缘上，此时此地他们相当孤独地生活着。"①也就是说，《往日》并不是没有情境，它的"集中完满的情境"表现为剧中人整体生活状态的孤独，一种一触即溃的紧张，被表面平静掩饰着的透骨的凄凉和绝望，这个情境就是这部戏剧的"规定性的前提"，是促使人物做出反应的"客观的刺激力和推动力"，它既是从人的整体处境中抽象出来的，又是具体可感的，也即，把具体的个性投入经过抽象的人的普遍状况。这就是品特戏剧个性与情境契合的具体方式。谭霈生先生在谈到荒诞派戏剧的情境时说："在荒诞派戏剧中，人与情境的契合，则转化成人类普遍处境的一种象征，这种契合固然存在，但已失去了有机发展的进程。正是因为如此，情境自身也失去了它原有的具体性和定性，而呈现出抽象的形态。"②非常明显的是，品特的戏剧情境与尤内斯库式的荒诞派戏剧不同，品特不用场面的直喻，情境的运动也并没有失去其有机发展的进程，情境自身也依然具有具体性和定性。这或许是品特从来不承认自己是荒诞派剧作家的原因。

① 马丁·艾思林：《荒诞派戏剧》，华明译，河北教育出版社，2003年9月版，第177页。
② 谭霈生：《戏剧本体论》，中国戏剧出版社，2005年2月版，第265页。

"场面是戏剧作品构成的基本单元，也是体现戏剧本质的具体单元。"[①]一部作品内在的戏剧性是在一个一个的场面，及场面与场面的联结中得以体现的，内在的戏剧性产生于"个性与情境契合"的逻辑模式，因此，场面的实体内容就是"那个充盈着生命运动的逻辑模式"[②]，也就是"动作在固定空间与延续时间中的持续发展"[③]。戏剧的任务是在动作中揭示个性，表达情感。因此，只要我们能够证明"回忆往事"是人物在场面中的"动作"，那么，它自然就是"戏剧的"，而非"叙事的"。

品特对戏剧时空的处理非常自由，尽管《往日》开场时舞台上有三个人影，但安娜站在窗前看向窗外，这代表她还没有来。安娜正式出场之前的事件是"安娜要来"，"戏剧中的各种各样的事件，往往是通过推动人物关系的定性化、具体化，从而对人物发生实体性的影响"，这个事件也确实起到了这样戏剧性的作用，"安娜要来"构成了一个情境，推动了迪利和凯特关系的定性化和具体化，人物在具体的关系中产生动作，从而实现了个性（动机）的揭示。迪利"漫不经心"地提问凯特与安娜有关的一切，但他的"兴趣点"全在凯特身上。凯特在回答中不停地说谎、回避、躲闪、抵挡、攻击。在这些看似"日常"的，"无关痛痒"的对白下面蕴藏着丰富的内容，提问之犀利，回答之决绝，关系之僵硬和隔阂就像一阵阵冷风吹过。只有读到这一层，我们才会发现，"安娜为什么来"以及"安娜与凯特的关系"并不是作者故意忽略掉的"事实"，借以造成什么"神秘感"，而是这一切"事实"其实都蕴含在人物的对白中，在他们没有说出来的那个"戏剧空间"里，就压在舌头底下，埋于内心深处。在这个情境中两人的动作是这样的：

---

① 谭霈生：《戏剧本体论》，中国戏剧出版社，2005 年 2 月版，第 205 页。
② 谭霈生：《戏剧本体论》，中国戏剧出版社，2005 年 2 月版，第 211 页。
③ 谭霈生：《戏剧本体论》，中国戏剧出版社，2005 年 2 月版，第 210 页。

迪　利　你盼望着看见她吗?

凯　特　不。

迪　利　我盼望着。我会很有兴趣的。

凯　特　对什么很有兴趣?

迪　利　对你。我会注意你。

凯　特　我?为什么?

迪　利　看看她是不是那样的一个人。

凯　特　你认为你可以通过我看出来这个?

迪　利　当然。

【停顿。

凯　特　我很少想起她。我几乎完全把她给忘了。

【停顿。

迪　利　还记得她爱喝什么吗?

凯　特　不记得了。

迪　利　她可能是个素食主义者。

凯　特　你问她吧。

迪　利　太迟了。你已经做好了杂烩。

【停顿。

她为什么还没有结婚呢?我是说,她为什么没有带她的丈夫一起来?

凯　特　你问她吧。

迪　利　每件事情我都得问她吗?

凯　特　你要我来替你问问题吗?

迪　利　不。不必了。

凯 特 她当然结婚了。

迪 利 你怎么知道呢?

凯 特 每个人都要结婚。

迪 利 那么她为什么不带她的丈夫一起来呢?

凯 特 她不带吗?

【停顿。

迪利对凯特赤裸裸地表达他对她的探究欲望，这种话里已经没有什么感情成分，而是充满理性的“挑衅”，尽管用日常的语气说出来，但是掩饰不住“我会通过今天要来的这个人抓住你”这样恶狠狠的意思。凯特的反击是“你以为你可以通过我看出来这个？”面对迪利的自信和雷达式的探索，以及步步为营，滴水不漏的提问，她干脆说，“我很少想起她。我几乎完全把她给忘了。”或者用“不记得了”“你问她吧”“每个人都要结婚”“她不带吗？”这样的话来回避、逃脱和反击。我们能从这段对白的“停顿”中听见言词作为利器划过空气刺向对方的“嗖嗖”声，如一头野兽发起一轮攻击前嗓子里压抑的嘶吼，也能感受被攻击一方沉默背后“愤恨的窒息”和一轮“战斗”过后“急促的喘息”。并不是什么具体的事情引发了这对夫妻之间这样紧张和破碎的关系，而是“安娜要来”构成情境，将“既具有抽象化的普遍性，又具有具体化的个性的”一对夫妻投入其中。总结一下，也就是说，安娜上场前的这个场面，“构成情境的事件”是“安娜要来”，“情境中的事件”则不是具体的某件事，而是这对夫妻谈话中随时可以引发关系变化的每一处细节，每一个动作。这就是为什么品特的戏剧读来“琐碎”但却“完整”的原因，琐碎的细节并不是可有可无，每一处都在为情境的运动、情节的发展贡献力量。

安娜是“回叙”着往事出场的，她从窗口转过身来，“一边说话一边向他们走去"，进入一个新的场面。安娜对她和凯特还是年轻姑娘的时候一起度过的那些日子充满了向往，她兴奋地描述着：

安　娜　排了一夜的队，下着雨，你记得吗？我的老天，阿尔伯特音乐厅，考文特花园，我们吃了什么？回顾一下，直到半夜，做我们喜欢的事情，当然，那时候我们还年轻，可是精力多么充沛，上午工作，然后去音乐会或者歌剧院，或者去看芭蕾舞，那个夜晚，你没有忘记吧？然后坐在公共汽车上层，去肯辛顿大街，还有那个汽车售票员，然后跑去买火柴来点煤气，然后我提议炒鸡蛋，还是咱俩共同提议的？是谁做的菜？

……

我们发现的那些咖啡馆，几乎变成了我们私人的，对吧？艺术家和作家，有时候还有演员，聚集在那儿，还有其他人和舞蹈演员，我们大气不敢出地坐在自己的咖啡面前，低着头，不想被人看见，不想被人打扰，不想被人分心，听着，听着所有那些讲话，所有那些咖啡馆和所有那些人，无疑充满了创造力，我想知道他们还存在吗？你知道吗？你能告诉我吗？

【稍微停顿。

迪　利　我们很少去伦敦。

【凯特站起来，走到一张小桌子前，从壶里倒了一些咖啡。

凯　特　是的，我还记得。

【她往一只杯子里加了一些奶和糖，把它递给安娜。她给了迪利一杯黑咖啡，然后拿着自己的咖啡坐下。

迪　利　（对安娜。）你喝白兰地吗？

安　娜　我想来点白兰地。

【迪利给所有人都倒了白兰地。他拿着自己的白兰地站着。

安　娜　听。多么安静。总是这么安静吗？

现在我们来看在这个场面里这段“回忆往事”是如何起作用的。安娜长篇大论地回叙往事，音乐厅和花园的名字她都记得清楚，甚至连那个坐在公共汽车上层去肯辛顿大街的夜晚，她说起来都像发生在昨天那样清晰，买火柴、炒鸡蛋这样的细节，以及她们坐在咖啡厅偷偷听别人讲话的感受，都那样细腻而真实地刻在她的记忆里。她热切地期待着凯特给予回应，这是她们俩在伦敦一起度过的美好时光啊！可是凯特没有，她沉默着。尴尬的“稍微停顿”之后，迪利只好给了安娜一个救场性质的回应：“我们很少去伦敦。”凯特依然沉默着，她故意忽略了迪利的回答，从容地站起来去倒了咖啡后才答道：“是的，我还记得。”然后她径直往一只咖啡杯里加了奶和糖之后递给安娜，同时给了迪利一杯黑咖啡，然后端着自己的咖啡坐下。我们先来分析一下这个场面里凯特的这一系列动作。凯特没有立即被安娜拉进回忆中的往事，尽管她记得所有她说的这一切，但是很明显在这里她没有与安娜产生共鸣，甚至面对安娜“热情的靠近”，她还有那么一丝“傲慢”，因为对以前的安娜有介怀之处，就像在安娜来之前，她跟迪利说的，安娜是她唯一的朋友，但她非常确定安娜不是“最好的朋友”，她是个贼，曾经偷过她的内衣。但是，她还是用给安娜倒了一杯加奶和糖的咖啡这样细致的动作，跟安娜保持了不远不近的关系，同时她给迪利倒了一杯黑咖啡，以缓和自己因刚才对迪利的“故意忽略”而造成的敌对，凯特总在不停地调整，企图把控态势，跟另外两人努力维持一种若即若离的关系，既可以随时出击保护自己，又可以及时缓和矛盾，不至于关系崩溃。但是谁也不甘心当谁的“牵线木偶”，迪利不买凯特“黑咖啡”的账，他利用安娜的“热情受挫”，迅速抓住机会拉拢安娜：“你喝白兰地吗？”安娜决定给凯特的冷淡和怠慢一点回击，她回应了迪利的拉拢：“我想来点白兰地。”迪利把凯特的黑咖啡晾在一边，端起了自己的白兰地站着。但是安娜什么也没喝，她主动转移了话题：“听。多么安静。总是这么安静吗？”

值得注意的是，话题的转变是为了调适三人之间的关系，这是这部戏剧实现场面转换的一种非常重要的方式，即新话题带来新关系，构成新的场面。场面的转换和联结体现着情境的运动和情节的发展，而“情境的运动，固然也包含着时间的流逝和空间的变动，一般说来，更重要的则体现为事件（外在于主体的，或主体行动构成的）推动下的人物关系的运动性。”[①]《往日》中话题的改变都是剧中人自主的“动作”，出于调适自己与他人关系的现实动机，也即本剧场面的转换是在人物的动作，而非叙述中实现的。从以上这个场面里，我们可以发现，“回忆往事”是安娜在现在时戏剧时空中的“动作”，这个“动作”作用于其他人引发了矛盾冲突，而不是作为“往事”在起作用。

在另一个场面里，都曾经爱过凯特的迪利和安娜就凯特是一个“爱做梦的人”达成了共识。即使是在“做梦”的时候，凯特也坚持自己的认识。他们都想以爱的名义占有她，支配她，用冰冷的生活逻辑改造她。针对凯特的“固执”，两个人看法不同，安娜觉得“她总是一个讨人喜欢的伴侣”，而迪利却很不喜欢，他几乎无法忍受并试图强迫她改变。安娜说跟凯特一起生活“十分快乐”，迪利略带讽刺和无奈地用歌词来表达此时的情绪：“看起来很可爱，

① 谭霈生：《戏剧本体论》，中国戏剧出版社，2005年2月版，第216页。

了解了很愉快。”随后迪利和安娜唱起了过去他们唱过的那些老歌：

安娜 （唱）你答应给我一个春天的吻……

迪 利 （唱）总有一天，我将知道那神圣的时刻，当你的一切，都归我所有！

【稍微停顿。

安 娜 （唱）我对香槟没有什么感觉，
酒喝得再多也不会使我兴奋，
那么请告诉我为什么真的——

迪 利 （唱）我对你会有感觉？

【停顿。

安 娜 （唱）他们问我怎么会知道
我的爱是真实的，
于是我就回答说，
我心里有种东西，
无法否认。

迪 利 （唱）当爱的火焰熄灭时……

安 娜 （唱）烟雾蒙上了你的眼。

【停顿。

迪 利 （唱）当夜行列车的汽笛在无人的车站里飘荡……

【停顿。

安 娜 （唱）当教堂的钟声在公园傍晚的天空中回响……

【停顿。

迪 利 （唱）嘉宝的微笑和玫瑰的香气……

安　娜　　（唱）当最后一间酒吧关门时，侍者吹着口哨……

迪　利　　（唱）哦，你的流连是多么难忘……

【停顿。

而后他们再也没有那样。

【静场。

我想，唱过去唱过的老歌也算是对往事的"追忆"，相对于"往事"，"老歌"更具有一种特别的抒情效果。在这个段落里，互相争夺凯特的两个人都逐渐放下了敌对和戒备，沉浸于这些老歌的氛围中。年轻时候那发自于心的爱意凝聚在这些歌词中若隐若现，那些美妙的爱恋曾经真实地存在过，可是究竟为什么爱上今天已寻不到踪影，爱的火焰已经熄灭，迷人的香气和微笑只能从回忆中追寻。品特的剧中人很少直抒胸臆，就像前面的举例，他们都是用沉默和躲闪的语言，在剑拔弩张的情势中隐晦地表达自己，那么这一段安娜和迪利同唱老歌的段落是如何成为现在进行时的戏剧动作的？我们发现，这个段落只是矛盾双方的短暂和解，是倏忽而至的温情片刻，他们内心深藏的情感无法抑制地流淌出来，真情之"爱"是不分敌我双方的。然而，爱已逝去，歌唱完了，温情的回忆瞬间消散。这共同的追忆反而酝酿了迪利和安娜之间更大的矛盾，更激烈的争夺之战，因为谁也无法接受给自己留下最美好的回忆的人，还出现在别人的美好回忆中。这就是"静场"的时间里所发生的变化。

静场之后迪利对安娜使出了"撒手锏"，他仔仔细细地描述了跟凯特的认识过程，源于一次电影院的偶遇，他们都去看罗伯特·纽曼主演的《虎胆忠魂》，电影散场后，迪利主动搭讪，他觉得他找到了这辈子一直在等待的女孩。带着进攻的快感对安娜进行了以下的"追忆"之后，迪利扬起了胜利的大旗和得意的嘲笑：

迪　利　我想我说对了，下一次见面时我们将握手。我握住她冰凉的手，当她走在我身边的时候，我说了什么话，引得她笑了起来，于是她看着我，你是这样做的吧，他把头发向后捋捋，我想，她甚至比罗伯特·纽曼还要妙。

【停顿。

然后，稍后一个阶段，我们赤裸的身体相遇了，她的身体凉爽，温暖，非常宜人，我不知道罗伯特·纽曼对此会怎么想。当我真切地抚遍她的全身的时候，我在想着，对此她会怎么想呢。（对安娜）你认为她会怎么想呢？

安娜被这赤裸裸的挑衅激怒了，她不惜编造关于凯特的"往事"对迪利进行反击，扭曲凯特在他记忆中的纯洁形象，摧毁他在回忆中建构的美好世界：

安　娜　我从来没有见过罗伯特·纽曼，但我的确明白你的意思。有些人记得某些事情，即使这些事情从来就没有发生过。我记得一些事情，它们可能从来就没有发生过。但是当我记起这些事情的时候，它们就发生了。

迪　利　什么？

安　娜　有个男人在我们的房间里哭。有天夜里，我回来晚了，我发现他在哭，他的手蒙着脸，坐在扶手椅上，凯特坐在床上，手里捧着一大杯咖啡，没人和我说话，没人说话，没人看我。我不知道该怎么办。我脱掉衣服，关掉灯，钻进了自己的床，窗帘很薄，街上的灯光透了进来，凯特在她床上坐着不动，那个男人抽泣着，灯光透进来，在墙上摇曳着，一阵微风吹来，窗帘偶尔飘动着，什么声音也没有，只有抽泣声，突然间，抽泣声停止了。那个男人迅速地向我走来，俯视着我，但我绝对不会和他发生任何事情，绝对不会。

【停顿。

不，不，我完全错了……他没有迅速地过来……完全错了……他慢慢地过来……非常慢，灯光很暗，然后他停住了。他站在房间中间。他看着我们两个人，看着我们的床。然后他向我走来。他走近我的床。他向我俯下身来。但我绝对不会和他发生任何事情，绝对不会。

【停顿。

迪　利　他是一个怎样的男人？

安　娜　但是过了一会儿，我听见他走了出去。我听见前门关上了，街上有脚步声，然后是寂静，然后脚步声远去了，然后是寂静。

【停顿。

但是，这天夜里晚些时候，我醒来了，看看房间对面她的床铺，看见两个人影。

迪　利　他回来了！

安　娜　他在她的床上，横躺在她的大腿上。

迪　利　一个男人在黑暗中横躺在我妻子的大腿上？

【停顿。

尽管迪利知道这是安娜编造的“激动人心的故事”，但是，他还是中招了。凯特对这样的游戏很感兴趣，她乐于在迪利已经破碎的“爱情幻梦”上再踩一脚，她忽略了迪利给她的微笑，从他面前拿走烟盒，给安娜点了一支，并用二十年前惯常的“羞怯沉静”的姿态望着安娜。迪利就像被逼急了的孩子，使出了最后也是最无力的招数，下面这段话的意思是，迪利二十年前就对凯特这种“古典式的女性姿态”不置可否，通过“回忆往事”进行现在时空的“反击”：

迪　利　那时候我自己还是一个学生，为自己的前途奔忙，不知道自己是否应该承担起照顾一个小姑娘的责任，她刚刚脱掉稚气，唯一的优点就是安静，但她缺乏坚定，缺乏决心，随着风向转动，而她所跟随的，不是那种风气，当然也不是我的风气，尽管我的风气也就不过如此，但我猜是她所理解的那种风气，当然那根本无法理解，至少按照我对这个词的理解，至少我就是这么想象的。一个古典式的女性人物，我这样对自己说，或者是一种古典式的女性姿态，总之已经过时。

【停顿。

这就是我当时看待这个问题的立场。我是说，这就是我对于我当时看待这个问题的立场的直截了当的声明。二十年前。

【静场。

迪利毫不留情地从源头上抛弃和否定了凯特！我们能从“静场”中听到破碎的回响。为了将迪利一举击溃，挤出她和凯特的亲密关系，安娜对“往事”进行了更为凶狠地编造，她热切地对凯特回叙着她们一起在伦敦进行的“艺术探索”：

安　娜　别跟我说你忘记我们在塔特的那些日子了？还记得当时我们是怎样探索伦敦的，还有所有的老教堂，所有的老建筑，……

这些地方太多了，有太多地方可以看可以听，当时在可爱的伦敦，以至于有的时候我们赶不上，或者没有钱，而错过了很多东西。比如，我记得有一个星期天，她从报纸上抬起头来，跟我说，快来，快点，快来，快和我一起走，我们抓起手袋就出了门，上了一辆公共汽车，到了一个根本就不熟悉，根本就不认识的地方，然后，几乎是就我们两个人，看了一部很棒的电影，叫作《虎胆忠魂》。

【静场。

迪　利　是的，因为工作关系，我经常外出旅行。

记忆中最美好的画面被安娜剥夺了，那部《虎胆忠魂》是迪利和凯特恋爱的见证，现在被安娜“剽窃”到她编造的“回忆”中，彻底毁掉了。迪利溃败，长时间的“静场”之后，他选择了转移话题。我们看，他们的矛盾并不面对面地激化，“往事”才是他们的阵地和战场。静场之后，迪利的转移话题仿佛是回避了矛盾，事实上是矛盾爆发以后迪利承认了失败。

本剧的最后一个场面，安娜以“圣母”的姿态申明她不是来打扰的，而是来庆贺她和凯特之间“持久和宝贵的友谊”，因为她觉得是她“发现了她”，沉浸在一种是“她让她出生”的母亲似的情感中，她再次满怀深情地进入“她带她去咖啡馆”的那段回忆中，并获得了深深的满足。迪利知道这就是安娜控制和占有凯特的“武器”，她擅长给“羞怯的”凯特营造充满母性温情的氛围。迪利终于忍无可忍，他要夺回凯特，从二十年前的源头上给安娜致命一击。

安娜有一个将他排挤在外的最坚强的理由：在他出现之前她们两个人的亲密关系就存在了。他要摧毁这个。最后的“战斗”也是通过编造“往事”来实现的，在这个“往事”中，迪利利用了安娜曾经偷用凯特内衣这个让凯特耿耿于怀的细节，顺便把自己年轻时候的形象进行了“虚构”，让自己听上去高大俊美又富于艺术气息，还有好人缘，是一帮哲学家的亲密朋友：

安　娜　我发现了她。通过我的介绍，她逐渐认识了一些奇妙的人。我带她去咖啡馆，是很私密的那种，那儿聚集着艺术家和作家，有时候还有演员，有些是舞蹈演员，我们大气不敢出地坐在自己的咖啡面前，倾听着我们周围的生活。我曾经最想让她得到的，就是她的幸福。现在依然如此。

【停顿。

迪　利　（对凯特）我们以前见过，安娜和我。

【凯特看着他。

迪　利　是的，我们在“旅行者”酒吧见过。在角落里。她吸引了我。当然，那时我身材健美。相当时髦。老实说，有点与众不同。鬈曲的头发。就这个类型。我们一起待过。她有点紧张。她没有吃任何东西，所以我给她买了一杯饮料。她用她的大眼睛看着我，很羞怯，就那样。当时她假装是你。做得不错。她还穿着你的内衣，当时。很亲切地对待我这个傻瓜。确实宽宏大量。对于一个女人来说，令人钦佩。我们去了一个聚会。是一些哲学家举办的。这帮人不坏。埃奇威尔路的那帮人。很好的家伙。已经很多年没有见过他们了。老朋友。总是很有想法。还把想法说出来。我很想念这些人。他们都死了。无论如何我再也看不见他们了。梅达山谷那一帮人。大埃里克和小托尼。他们住在靠近帕丁顿图书馆附近的什么地方。在去聚会的路上，我带她进了一间酒吧，给她买了一杯咖啡，周围尽是大胡子的男人。她想着她就是你，不怎么说话，几乎不说话。也许她就是你。也许那就是你，和我一起喝咖啡，不怎么说话，几乎不说话。

这真是非常厉害的一招，用一个编造的"梦"，就让安娜的形象和全部的努力像一个泡泡一样破灭了，还唤回了凯特对他久违的"爱"，但事情没有这么简单。游戏玩够了，凯特先宣布了安娜的"死亡"，那幅死亡的场景也是凯特用"回忆往事"的方式描述出的：

凯　特　（对安娜）但我记得你。我记得你死了。

【停顿。

我记得你躺在那儿，死了。你不知道我正注视着你。我向你俯下身去。你的脸是肮脏的。你躺在那儿，死了，你的脸上涂满了排泄物，各种各样真正的铭文，但是没有擦掉，所以它们可以流动，在你整个脸上，一直流进你的喉咙。你的床单洁白无瑕。我很高兴。要是你的尸体躺在一张不干净的床单上，我会不高兴的。那就太不得体了。我的意思是说，只要和我有关。只要和我的房间有关。毕竟，你是死在我的房间里。当你醒来的时候，我的两眼在你上面，俯看着你。你想施展出我的小花招，你从我这儿借去的一个小花招，我迟缓的笑容，我迟缓羞怯的笑容，我低头的动作，我半闭的眼晴，我们都非常熟悉的这一切，可是它不起作用，笑容仅仅能够崩裂你嘴边的脏东西，然后就僵住了。你的笑容僵在那里。我寻找眼泪，但是什么也没有找到。你的瞳孔不在你的眼睛里。你的头骨穿透了你的脸颊。但这所有的一切都是安详的。没有痛苦。

……

我感到时间和季节都很合适，我感到你孤独而肮脏的死亡是合乎礼仪的。我该洗澡了。我花了很长时间洗澡，然后出去，在房间里走动，容光焕发，拉出一把椅子，赤身裸体地坐在你的旁边，看着你。

【停顿。

凯特用这段描述梦境似的语言，宣告把安娜扫出了她的世界，这是她的现实行动，同时，她的个性在这些描述性的语言中得以揭示：安娜的“善意”在她看来就像秽物一样肮脏。她洗完澡，一尘不染地俯视着安娜，就像看着一具脸上涂满排泄物的尸体。迪利也没有多么幸运。凯特利用他们编造的那些“往事”，继续编造着，在他“下流和粗俗”的脸上抹上泥巴，让迪利成为了自己世界里一个“无所谓的人”。

……

我们有两张床可以选择。你的床，或者我的床。可以钻在里面，或者躺在上面。在里面或上面互相摩擦鼻子。他喜欢你的床，认为他在这张床上会表现不同，因为他是个男人。但是有天夜里，我说让我来做件事，一件小事，一个小花招。

他躺在你的床上。他怀着巨大的期待望着我。他感到很满足。他以为我已经从他的教导中获益匪浅了。他以为我已经准备在性方面更进一步了，认为我就要发挥承诺已久的主动性了。我在窗台花盆箱里挖，你曾经在那儿种下我们美丽的圆三色堇，我挖了一铲烂泥，装进碗里，抹在他的脸上。把他搞得稀里糊涂，目瞪口呆，他抵挡着，拼命抵挡。他不想让我用烂泥弄脏他的脸，不让我玷污他的脸，他不愿意。他提出还是结婚吧，还要换个环境。

【稍微停顿。

都无所谓。

【停顿。

有一次他问我，大概就是那次，在他之前，谁在这张床上睡过。我告诉他没有人。根本就没有人。

【长久静场。

凯特是最终的“赢家”，她从安娜和迪利试图争夺她、支配她、占有她、强迫她的欲望中反戈一击，在他们编造的“往事”中把秽物和泥巴涂在他们的脸上。

【安娜站起来，走向门口，停住，背对他们。

【静场。

【迪利开始饮泣，非常轻地。

【安娜站着不动。

【安娜转身，关掉灯光，坐在她的长沙发上，躺下。

【饮泣声停止了。

【静场。

【迪利站起来。他走了几步，看看两张长沙发。

【他走向安娜的长沙发，俯看着她。她没有动。

【静场。

现实的矛盾在“往事”中爆发，一切都成了碎片，虚假成了唯一的真相。但他们无力行动。安娜走到门口又走了回来，躺在另一张沙发上，迪利走向安娜，俯看着她。他们进入了虚构的“往事”中，开始了现实时空的生存。

二、通过“虚构往事”重塑自我和建立关系——《无人之境》剧本分析

酒吧服务员，六十岁的斯普纳偶尔结识了作家、诗人和评论家赫斯特，并被邀请到家里做客，斯普纳立刻喜欢上了这所漂亮舒适的房子，他想结束漂泊无依的落魄生活，在赫斯特这里谋一个职位。一开始，斯普纳尽力抬高自己，把自己表现地文明和雅致，号称自己是“艺术之友”，热爱诗歌，是年轻人的向导，他甚至给自己虚构了一个身穿长袍，穿行在阴影中给客人们倒柠檬茶的妻子，大谈“通过艺术达到美德”的理论，但是生活在最底层人的穷酸相又不停地流露出来。斯普纳采用自己的一套战略计策妄图攻下赫斯特，让他留下来。这套计策用他自己的话来说就是“进攻、防御、投入预备队、集结骑兵，或者在情不自禁时，不顾一切全面压上”，他东拉西扯，跳来跳去地变换着身份、语气和态度，企图从赫斯特的只言片语中找到突破口。他很幸运地得逞了，当他扯到“妻子”的时候，触痛了赫斯特，赫斯特的伤感让

他得意洋洋，他觉得自己一定是钻进赫斯特的心里去了，可以用市井之流“交朋友”的方式拿下他，于是，他乘胜追击，怀着某种“善意”调侃赫斯特“缺乏男子汉的基本素质”，嘲笑他“无能”，而他呢，愿意向他伸出“援助之手”，这是一双神一样“罕见的手”。赫斯特十分绝望，他跌跌撞撞地逃离了这个房间，留下依然洋洋自得的斯普纳。随后赫斯特的两个助手，福斯特和布里格斯进来，与这个闯入自己领地的陌生人进行了一番较量，他们不遗余力地为自己虚构身份，沉浸在虚假的自我感觉里，在扯皮、吹牛和撒谎的领域唇枪舌战，争高夺低。

赫斯特再进到这个房间里的时候，他已经不认识斯普纳了。他去睡了一觉，穿着晨衣进来继续喝酒，跟他的侍者们讲述了一个梦：

【他将杯子递给布里格斯，后者将酒杯倒满，还给他。

赫斯特　有些事情让我感到沮丧。是什么事情呢？是我的梦，是的。瀑布。不，不，是一个湖。水。淹死在水里。不是我。是其他的什么人。有个伴儿该多好啊。你能想象吗，醒来之后，发现周围没有人，只有家具注视着你？这最不舒服了。我知道那种情况，我经历过那种时期——干杯——最后我就去找人了。就和你们自己一样。一个聪明的举动。我尝试过一个人笑。很可悲。你们都倒满酒了吗？

【他看到了斯普纳。

那是谁？你们的朋友吗？有谁可以为我介绍介绍吗？

赫斯特无时无刻不在体验着极端的孤独，他怀念他的青年时代，他想念那些在他相册里的朋友和美丽的女人们，他不接受那个时代已经离他而去，尽管时间改变了他的记忆，但是，他从不否认那些确实存在过，他靠喝酒来延续幻觉。梦境和现实，过去和眼前，昨天和前天，毫不相关的场景在他脑中混乱地浮现，他喋喋不休地讲述着，被孤独折磨得狂躁不安。突然，斯普纳闯进了他的梦境，他重新抓住机会，开启了一个崭新的"游戏模式"，当然这一切都出于他直白的现实动机——他要进入赫斯特活在其中的"回忆世界"扮演角色，在赫斯特先生的家里获得一个必不可少的位置。斯普纳打断了赫斯特乱糟糟的描述，当着福斯特和布里格斯的面，单刀直入：

斯普纳　　在你的梦里淹死的人是我。

【赫斯特倒在了地上。他们都跑过去。

此刻，斯普纳就像一个赤手空拳的勇士，所向披靡，他用跟赫斯特同为老年人的弱势获取同情，降低别人对他的警戒心，像无孔不入的幽灵一样，抓住每一个细节，钻进赫斯特的记忆中，并且他开始得逞了，赫斯特对这个游戏很感兴趣：

赫斯特　　（对斯普纳）我知道你是从某个地方来的。

当他被布里格斯半命令式的架出去的时候，他说："我认识那个人。"

第二幕是第二天早上，被锁在一间房子里的斯普纳受到了尖刻的布里格斯的礼遇。布里格斯为他准备了丰盛的讲究的早餐和香槟，还亲自给他倒酒。并且通过回叙他和福斯特认识的过程来强调自己的地位，是他发现了福斯特，但是他又特别提醒斯普纳注意，福斯特关于他们的认识会有另一种说法，另一种"回忆"。

这也是品特处理人物间矛盾关系的一个惯用手法，就是利用“往事”，他们很少在具体的事件上进行正面冲突，但是同一个已经发生过的事实，他们会有出自个性的不同“回叙”。出于害怕被取代的现实动机，布里格斯有意在撇清和福斯特的关系，并讨好斯普纳，但是他并不打算对这个牛头酒吧的酒瓶管理员过分恭敬，他要提醒斯普纳，他知道他的底细。布里格斯一边把香槟倒进斯普纳的杯子，一边问了一句：“你上一次在早餐时喝香槟是在什么时候？”斯普纳驾轻就熟地虚构着往事，加工着自己的身份，他深知他把这项本领发挥得越好，他就越能掌握主动：

斯普纳　哦，老实说，我是一个香槟鉴赏家。

布里格斯　哦，是吗？

斯普纳　我懂得我喝的酒。（他饮酒）是在第戎。三十年代。我曾多次去第戎旅行，是去品酒，带着我的法语翻译。甚至在他死后，我还继续去第戎，直到我再也去不了了。

【停顿。

雨果，一个好伙伴。

【停顿。

你当然想知道他翻译什么。答案是我的诗。我是一个诗人。

赫斯特先生衣冠楚楚神采奕奕地上场的时候，斯普纳化身成了他记忆中的“查尔斯·韦瑟比”，一个绅士，而布里格斯成了仆人“登森”。赫斯特先生强迫他们俩进入了他主导的“记忆世界”，这是布里格斯要保住在这个家的职位必须要承受的，也是斯普纳要进入这所房子必须要接受的，而赫斯特先生认为只有在“过去的时空”才能清醒而愉快地活着。所以，追索他们游戏其中的“往事”的真假没有意义，让这一切发生的，是他们支配与被支配的现实关系，剥夺与被剥夺的现实行动。而人物的个性，正是在现实关系和现实行动中，而非往事中得以揭示。但是在这部戏剧中，“往事”又被作者赋予了新的关照：“往事”的现实化会给“往事”带来毁灭性的后果，也即，现实中的人因为无法忍受现实的孤独，而渴望活在过去的世界中，但是那个世界的美好只能存在于“回忆”中，一旦贪心想让“往事”复活，“往事”将会立刻变为比人间还要可怕的地狱，活着的人会以连自己都想象不到的面目，对那个经过心灵加工的美好的“回忆世界”进行毁坏。那是一个“活人”不能闯入的领域，包括自己，否则一切都会变成噩梦。人只能徜徉在看不见摸不着的“美好回忆”中才能安心，但是这个“回忆世界”又会随着时间的流逝而变得模糊不清，让人不知道它们是否真的存在过。就像赫斯特自己的描述：

赫斯特　我真正的朋友都在我的相册里望着我。我有我自己的世界。我有我的世界。不要以为现在它已经一去不复返了，我就会讥笑它，怀疑它，否认它的存在。不会的。我们正在谈的是我的青年时代，它永远不会离我而去。不会的。它存在过。它是确实存在的，其中的人也是确实存在的，尽管……光线改变了它，尽管它对于变化的光线……十分敏感。

这就是赫斯特先生的困境，一切都不存在，现实、回忆或者现实化的回忆，都不能让人愉快、安心地活着。

以下的段落是赫斯特先生把斯普纳拉进他的“回忆世界中”扮演角色，企图再现过去的美好，但是“活人”是无法再现“回忆”的，否则只会演变成可怕的“闹剧”，当他对“活着的”查尔斯先生叙说他跟他太太当年的风流韵事时，赫斯特从一个“浪漫的情郎”变成了“肮脏的扒手”，但并不是说赫斯特本来就是这样一个内心阴暗的人，跟朋友的妻子有了风流事还非要当着朋友的面说出来，刺激和嘲笑查尔斯并不是赫斯特进行这场回忆的动机，相反，他对查尔斯老友的想念是真诚的，他对与艾米莉共度的那些美好时光的留恋也是真诚的。问题出在斯普纳身上，赫斯特只要求他扮演一张“活相片”，以免除他对着真相片追忆往事的孤独，但是他不知道大活人和死的相片完全不同，在赫斯特的意识中，相片中的人的个性都是定了型的，不会变化，也就是说，赫斯特的“记忆世界”是他自己经过选择加工，按照自己的情感需要创造出来的，他给他相册中的每一个人都赋予了梦幻色彩，个性被抹杀掉，背景被抹杀掉，就像挂在墙上的“圣母玛利亚”或“基督受难图”，永远都散发着温情的光彩，不管以什么样的状态出现在他们面前，他们永远都会微笑着迎接。查尔斯就是这样被赫斯特塑造成了“永远的绅士”。这让赫斯特像个孩子似的以为，即使自己当面和他谈他与他妻子的风流事，查尔斯也不会在意，他还会以那样一副绅士的姿态微笑地理解。

【赫斯特进来，穿着一身西装，布里格斯跟在身后。

赫斯特　查尔斯。你能来真是太好了。

【他和斯普纳握手。

他们好好招待你了吗？登森，给我们倒点咖啡。

【布里格斯离开了房间。

你看起来很好。一点儿也没有变。是壁球的功劳吧，我想。尽力而为吧。在牛津你是一个好手，我记得。还在打吗？聪明人，明白人。老天，多少年了。我们上一次见面是什么时候？我猜我们最后一次吃饭是在三八年，在俱乐部。你记得对不对？克罗克斯利也在那儿，对，怀亚特，我都记起来了，伯斯顿、史密斯。多少人哪。多么美丽的夜晚。当然，现在这一切都过去了。

……

艾米莉怎么样？多好的一个女人啊。（倒咖啡）不加糖吗？给你。多好的一个女人啊。得告诉你，曾经有一段时间我爱上了她。得向你坦白。带她去喝过茶，在多尔切斯特。向她表白我的爱慕之情。我决定迎难而上。我建议她抛弃你。

……

劝她回头真比登山还难。她说她仰慕你，说她如果不忠实于你，她的生活将没有意义。我不断地给她买奶油圆饼、维尔特奶酪、烤面包和草莓。她最终屈服了。我猜你根本就不知道这件事情，对吧？哦，我们都是过来人了，不会在意这件事情，你同意吗？我租了一间小屋，用来度假。她一个星期开车来一两次。我成为了她购物旅程的一个组成部分。那时你俩也住在那个农场。没错，那是她父亲的农场。她会在喝茶或者喝咖啡的时间到我这儿来，美好的时光。那个夏天她是我的，而你却以为她只属于你一个人。

【他呷了几口咖啡。

她喜爱那个小屋。她喜爱那些花朵。像我一样。水仙、番红花、大齿赤莲、倒挂金钟、长寿花、石竹花，还有马鞭草。

【停顿。

她那双纤纤小手。

【停顿。

> 我永远不会忘记她在长寿花中间的样子。
>
> 【停顿。
>
> 你还记得吗，在三七年，你曾经带她到法国去？我就坐在同一条船上。躲在我的船舱里。当你去锻炼的时候，她就上我这儿来。就我个人经验而言，她的香气无与伦比。啊——
>
> 【停顿。

但是，此时扮演查尔斯的是斯普纳，一个赤裸裸的大活人，尽管他知道他的目的是配合赫斯特先生活在记忆中，以留在这个家里，获得自己不可替代的位置，但是斯普纳不知道自己只需要扮演一张“活相片”，他得意扬扬地发挥着“聪明才智”，以一个六十岁老年人的“阅历和沉稳”，他认为只有自己有能力陪赫斯特先生玩这个“游戏”。在上面这个具体的情境中，赫斯特对着“查尔斯”叙述他和他妻子的风流韵事。“查尔斯”被这赤裸裸的“羞辱”激怒了，斯普纳的情感填充在“查尔斯”的皮囊里，像火山一样爆发了！斯普纳迅速地建构了一个“过去的故事”，挖好了一个坑，在赫斯特还陷在“与老友的温情交谈中”的时候，他强势地逼迫他进入自己的“包围圈”，决定把赫斯特痛扁一顿！斯普纳强有力地把自己扭转为“支配者”，在他的“往事”中，赫斯特除了是一个勾引斯普纳妻子的混蛋，还被塑造成了一个诱惑老朋友邦特·温斯坦利的姐姐斯特拉·温斯坦利的恶棍。赫斯特喜欢和暗恋的另一个女人，那个“非常文静细致”的姑娘阿拉贝拉·辛司各特，邦特的妻子，最终却跟斯普纳发生了“某种风流韵事”，最终被证明不过是个荡妇，情场高手。最可怕的是这一切都被邦特知道了，他要对着赫斯特的“鼻子来上一拳”，而告密者就是斯普纳。“虚构往事”是斯普纳的现实动作，既出于“陪赫斯特玩回忆游戏”的现实动机，又是斯普纳对赫斯特把自己放在“查尔斯”的位置上进行“羞辱”的报复。两人现实关系的发展就在“往事”的逐步交代中进行。一方面是赫斯特对往事中温情的期待；另一方面是斯普纳利用虚构的往事进行火力凶猛的反击，两者相遇，赫斯特只剩了招架之力，他既对斯普纳的恶意表示恼火，又不得不把游戏进行下去，渴望温情场面再度重现。关系的发展推动情境的运动，情境的运动构成情节的发展，于是，此处情节的推进就呈现出了这样的形态：

斯普纳　你见过斯特拉吗？

【停顿。

赫斯特　斯特拉？

斯普纳　你不可能把她忘了。

赫斯特　哪个斯特拉？

斯普纳　斯特拉·温斯坦利。

赫斯特　温斯坦利？

斯普纳　邦特·温斯坦利的姐姐。

赫斯特　哦，邦特。没有，我从来没见过她。

斯普纳　你以前可是对她很感兴趣的。

赫斯特　我吗，老伙计？你怎么知道的？

斯普纳　我很喜欢邦特。他对你非常恼火。想给你的鼻子来上一拳。

赫斯特　为什么？

斯普纳　因为你引诱了他的姐姐。

赫斯特　这关他什么事？

斯普纳　他是她的兄弟。

赫斯特　这就是我的问题。

【停顿。

你究竟又要说什么?

斯普纳　邦特把鲁伯特介绍给了斯特拉。他非常喜欢鲁伯特。他把新娘交给了他。他和鲁伯特是非常好的老朋友。他威胁说要用鞭子抽你。

赫斯特　谁说的?

斯普纳　邦特。

赫斯特　他根本就没有胆子自己来对我说这个话。

斯普纳　斯特拉求他不要这么干。她哀求他住手。她哀求他不要告诉鲁伯特。

赫斯特　我明白了。可是谁告诉邦特的?

斯普纳　我告诉邦特的。我非常喜欢邦特。我也非常喜欢斯特拉。

【停顿。

赫斯特　你似乎是这一家人的好朋友。

斯普纳　我主要是跟阿拉贝拉关系好。我们经常在一起骑马。

赫斯特　阿拉贝拉·辛司各特?

斯普纳　是的。

赫斯特　我在牛津的时候就认识她。

斯普纳　我也是。

赫斯特　我非常喜欢阿拉贝拉。

斯普纳　阿拉贝拉非常喜欢我。邦特一直都不知道她喜欢我到了什么程度，以及她喜欢我的方式。

赫斯特　看在上帝的份上，你究竟是什么意思?

斯普纳　邦特信任我。我是他们婚礼上的伴郎。他也信任阿拉贝拉。

赫斯特　我应该警告你，我也一直非常喜欢阿拉贝拉。她父亲是我的导师。我经常在他们家里过夜。

斯普纳　我跟她的父亲很熟。他对我很感兴趣。

赫斯特　阿拉贝拉是个非常文静细致的姑娘。

斯普纳　我同意你的话。

【停顿。

赫斯特　你是想说你和阿拉贝拉有什么风流韵事吗?

斯普纳　某种风流韵事。她不希望走到最后一步。能够达到她的个人特殊要求她就满意了。就是让男伴神魂颠倒罢了。

【赫斯特站了起来。

赫斯特　我开始感觉到，你是一个流氓。你怎么敢用这种方式来议论阿拉贝拉·辛司各特?我要把你从俱乐部里赶出去!

事情还没有结束，斯普纳继续利用这个“虚构的往事”打击赫斯特，把他塑造成一个私生活混乱的“性至上主义者”，甚至“同性恋”。除此之外，斯普纳还从“写作”上打压他，声称自己的“三行隔句韵诗体”，赫斯特永远也无法掌握。游戏终于无法进行下去，赫斯特精疲力竭:

赫斯特　太过分了!你是什么人?你待在我家里干什么?

【他走到门口，喊。

登森!来一瓶威士忌加苏打!

【他在房间里走动。

你显然是个乡巴佬。我所认识的查尔斯·韦瑟比是位绅士。我看见了一个人的堕落。我为你感到遗憾。你曾经有过的道德感到哪儿去了？干杯。

【布里格斯进来，倒威士忌加苏打，递给赫斯特。赫斯特看着酒杯。

干杯。干杯。（他喝酒）我不明白……我不明白……我看见了自己……不断地……一个敏感而又有修养的人怎么会这样轻易地，几乎是在一夜之间，就变成了一个恶棍，一个扒手，一个土匪。在我的一生中，没有人会改变。只有一个人改变了。只有宗教可以改变他，而这至少是一种值得骄傲的痛苦。

【他喝酒，坐到自己的椅子上。

赫斯特“复活”往事的努力宣告失败。斯普纳想在赫斯特的“回忆世界”中占有一席之地的企图也无疾而终。品特笔下的赫斯特确实是一个像彼得·斯丛狄描述的，“沉溺于过去和梦幻、退居到内心”的人，但是并不与“以人际互动关系为中心的传统戏剧形式”相矛盾，相反，品特此剧正是在“人际互动关系”中展开的。针对有些人对品特的剧中人“不交流”的质疑，马丁·艾思林说：“不是什么没有能力交流，而是一种故意回避交流。人与人之间的交流本身是如此的可怕，以至于宁愿不断斗嘴，不断谈论其他事情，而不触及他们关系的实质。”[①] 本剧中赫斯特是一个活在“心造的回忆中的人”，他经常会有一些长篇大论的感慨，但是我们需要看清楚的是，这些台词的情境都非常具体，是典型的戏剧动作，而非跳脱剧情的“叙事化”的自我表达。比如此处，他跟斯普纳的“复活往事”游戏以失败告终之后，他没有因为斯普纳毁掉了他“回忆中的查尔斯·韦瑟比”，并把自己搞成了一个恶棍而气急败坏，

① 马丁·艾思林：《荒诞派戏剧》，华明译，河北教育出版社，2003 年 9 月版，第 164 页。

相反，他为自己在“游戏”中的失礼而抱歉，他知道他对斯普纳造成了伤害：

赫斯特　在这里我们不是坏蛋。我想平静一点儿。我想对你好一点儿。我要让你看看我的图书室。我甚至想让你看看我的书房。我甚至想让你看看我的笔，还有我的吸墨器。我甚至想让你看看我的脚凳。

从这段话里，我们可以读出赫斯特对“交流”的渴望，他把陌生的斯普纳请到家里，他甚至打算请他到自己“灵魂的栖息地”——他的书房，去拜访他最亲密的朋友，笔、吸墨器，脚镫等，这是一个孩子一样纯真的人所拥有的世界。但是斯普纳出场时的虚伪和假装让赫斯特对“交流”绝望了。在这里我们要对接下来赫斯特的这一篇感慨打一个问号，既然他“心造的回忆世界”被打破了，开场时跟斯普纳的“人际交流”的愿望也宣告失败了，按说，赫斯特该绝望透顶，去自杀才对，为什么他会说出下面的话呢？

赫斯特　……

我甚至还想让你看看我的相册。你也许还能在里面看见一张脸，它能让你想起你自己，一个曾经的你。你还能看见其他的脸，在阴影里的，被别人挡住的，正在转头的，只有下巴的，只有后脑勺的，只有眼睛的，帽子底下一团漆黑的，它们能让你想起其他人，那些你曾经认识的人，那些你以为早就死了的人，但是在这些脸上，你仍然可以得到惊鸿一瞥，如果你愿意面对这些幽灵的话。向这些幽灵表示你的爱吧。他们拥有喜怒哀乐等一切情感……永远被锁定了。向他们致敬吧。

这肯定不会把他们解放出来，但是谁知道呢……这也许会给予他们……某种程度的释放……谁知道他们会怎样复活……带着锁链，在他们的玻璃罐里。你认为当他们被固定住，被囚禁住的时候，让他们复活……是残忍的？不……不是的。他们深深地，深深地希望能够回应你的触摸，你的观看，当你微笑的时候，他们的幸福……是无可比拟的。所以我要跟你说，抚慰这些死者吧，就像你会抚慰你自己那样，就在现在，用你可以称之为你的生命的东西。

【他喝酒。

布里格斯　他们被遗忘了，伙计，被遗忘了。是被遗忘的死人。

【静场。

赫斯特　胡说。

如果有人把这段话当作一段“说教”的话，那他将错过一段最精彩的“生命剖白”，这是一个正在经历蜕变的人所发出来的最真切的温情告白，是具体情境中货真价实的戏剧行动，这是一段出自赫斯特个性的足以让人热泪盈眶的话。为什么说他正在蜕变？是什么让他变了？是什么把“噩梦”变成了“美梦”，让“毒酒”变成了“琼浆”？现在让我们回过头去看看赫斯特的那句话：“只有一个人改变了”，这个人就是他自己。正是斯普纳让他变了，尽管斯普纳没有完成配合和扮演的任务，毁掉了查尔斯·韦瑟比的“绅士形象”，但是斯普纳愤怒的情感是真实的，赫斯特在这情感威逼下的回应也是真实的。也就是说，在斯普纳用来报复的“虚构的往事”中，两个人实现了真正的交流，建立了实实在在的情感关系。这股愉悦的暖流卸下了赫斯特加诸在自己身上的“敏感而有修养”的个性枷锁，他忽然发现原来自己也可以“没修养地”

发怒、骂人，而且他从其中体验到了无与伦比的畅快。这样我们就可以解释为什么赫斯特不但没有对斯普纳的“冒犯”生气、绝望，反而充满了平静和温情。当他再想起他相册中的“人”，他恍然明白，自己曾经多么“残忍地”让他们“复活”，把他们“绑着锁链”，“装在玻璃罐子里”复活。现在再看这些“人”，他们是值得被触摸和关怀的，并且他能感受到他们的渴盼。当赫斯特吞吞吐吐结结巴巴地说出这番话的时候，他相册中这些“在阴影里的，被别人挡住的，正在转头的，只有下巴的，只有后脑勺的，只有眼睛的，帽子底下一团漆黑的”影像们真正活了起来！“向这些幽灵们表示你的爱吧”，抚慰他们，就像抚慰自己。此刻，赫斯特不再是孤独的，斯普纳彻底改变了他，是一种“宗教式”的改变，能给他带来“骄傲的痛苦”的改变。剧末，赫斯特摆脱了福斯特和布里格斯因为害怕被取代而对他进行的“洗脑”式语言轰炸，这些语言的主题只有一个：“永远不会改变。”他终于又能听见鸟叫，也终于明白他那个梦里没有人淹死，他直面了自己的“自我欺骗”：

赫斯特　但我听见了鸟叫声。你们听见了吗？我以前从未听见过的鸟叫声。我能听见它们，那是因为当时它们一定是叫了，在我年轻的时候，虽然那时我从来没有听见过它们，虽然那时它们一直在我们身边叫着。

【停顿。

没错，是这样的。我正朝着一个湖泊走去。有个什么人跟着我，穿过树林。我摆脱了他，这很容易。我看见一个人在水里，漂浮着。我很激动。我仔细地看了看，发现我弄错了。水里没有东西。我对自己说，我看见一个人，正在淹死。但我弄错了。那儿什么东西也没有。

【静场。

斯普纳　不。你处在一个无人之境里。那儿永远不会动，永远不会改变，永远不会变老，但将永远存在，冰冷，寂静。

【静场。

赫斯特　我要为此喝一杯。

【他喝酒。

【渐暗。

三、在追忆梦幻加工的"往事"中争夺支配权——《归于尘土》剧本分析

《归于尘土》是品特晚期"政治剧"时期的作品，他这一时期戏剧的普遍主题是关注战争对人的伤害。可以说，"政治剧"只是对他这个时期"选材"的概括性描述，并不意味着品特在通过戏剧讨论"政治问题"，他曾经不止一次地为自己辩护，称他在进行艺术创作的时候脑中从来没有出现过政治，事实确实如此，他写的只是战争中的人，或者经历过战争暴行的人，甚至连战争的背景品特都刻意模糊处理，战争在品特戏剧中起到的作用仅仅是让人物处在"其生活的极端边缘上"，真正让人感到绝望，或者说造成悲剧的，是他一贯的主题：人的终极孤独。《归于尘土》有两个人物，他们是一对四十多岁的夫妻，丈夫德夫林和妻子瑞贝卡。地点是"乡间一所房子的一楼房间"，时间是夏天的黄昏时分，两把椅子，两盏灯，两个人在聊一件事情：瑞贝卡和她"情人"是怎么回事。本剧以德夫林追问妻子与她情人的"往事"，瑞贝卡回答或者"主动描述"，这样的形式建构情境和推进情节。虽然瑞贝卡回忆与她

“情人”的“往事”构成了剧本内容上的主体，但是本剧的戏剧性事件并不是那件“往事”，而是现在时戏剧时空的“德夫林追问瑞贝卡她的‘情人’是谁”。也就是说，瑞贝卡回叙的“往事”起到的仅仅是“情节的载体”的作用，并不是剧本的主要表现对象。本剧的主要表现对象是现在时戏剧时空的德夫林和瑞贝卡，这两个具体的个性和这一对具体的关系。对“人的存在本质”的表达，不同的风格流派有不同的表现方式和手段，彼得·斯丛狄曾做过如下的总结，当然，前面我们已经大篇幅地论述过，斯丛狄抱持一种狭隘的戏剧观，他的理论出发点就是错误的，但分析谬误可以让我们更快地找寻到通往正确的路径。

“戏剧作为文学形式是以当下（1）人际；（2）事件；（3）为对象的。19世纪末戏剧陷于危机，应该对此负责的是主题的变迁，这一变迁使得这一概念三重组合中的各个组成部分为相应的对立概念所取代。”[①] 斯丛狄将当下、人际互动关系以及事件当作戏剧形式的构成要素，他从19世纪五位剧作家易卜生、契诃夫、斯特林堡、梅特林克和豪普特曼的剧作中总结出来他们在“主题变迁”的引导之下对戏剧“反叛”的表现，现梳理如下：一、在易卜生笔下，过去取代当下占据统治地位。主题不是过去的某一事件，而是过去本身，这一过去被重新回忆起来，在内心继续发挥作用。二、在契诃夫的剧作中：“人际关系为个人内心所排挤”、“当下的积极生活让位于沉溺于过去和乌托邦的梦幻生活”、“事件成为附带的”、“对白这一人际交谈形式成为独白式思考的容器”。三、斯特林堡的戏剧中：“人际关系或是被消解或是通过某个中心自我的主观透镜来观察”，由于这一内在化，舞台时间呈现出“过去和当下融到一起，外在的当下唤起回忆中的过去”，“在人际区域里，事件局限于一系列的相遇，

① 彼得·斯丛狄：《现代戏剧理论（1880—1950）》王建译，北京大学出版社，2006年3月版，第66页。

这些相遇只是内心转变这一真正事件的一系列转折点"。四、梅特林克的戏剧：其"静态剧"解除了情节，"面对唯一关注的死亡，人际间的差别也消失了"，"随之消失的是人与人之间的冲突"。五、豪普特曼的戏剧："它描述的人际生活是由人之外的因素所决定，即政治经济状况"，"由这些状况决定的一致性消解了每个当下者的唯一性"。[①] 简单地说，斯丛狄认为，当下让位于过去，过去成为了主题，当下只是引起过去的因；人际间活生生的交流被独白取代；事件零碎不堪，人物内心的变化历程成为选择所需事件的标尺，等等，这些"现象"都是对戏剧形式的"反叛"。

前面已经提到，与斯丛狄持相同观点的，还有雷蒙·威廉斯，他认为从契诃夫开始，现实主义传统起了"质的变化"，但他对契诃夫的戏剧风格还是非常满意的，因为他所有的作品都还有"公共"和"私人"之间不可逃避的联系"，20 世纪中叶以后便不行了："契诃夫的作品描写崩溃，即便如此，它们仍然清楚地反映出一种整体感。虽然这一立场的确被后人延续，但他的本质特征已经改变。在最优秀的十九世纪文学作品中，整个生活方式与个人不仅存在于同一个时空当中，而且都具有真实性。20 世纪中叶的整体观念令人啼笑皆非。虽然生活方式与个人仍然处于同一个时空当中，而且两者有着密不可分的联系，但它们都是幻觉。一种普遍的幻觉意识取代了真实的生活方式与个人。"[②] 雷蒙对这种"戏剧必须是反戏剧"[③] 所取得的成果非常担忧，他认为"幻觉"大行其道可不是什么好现象，后来的戏剧世界之所以充满了"幻觉"，他认为是源自于"虚伪的人际关系"，源于现实世界人与人之间已经没有了"正直和真诚的人际关系"，而只有在"幻觉"中，人们才能"免受苦难"，

---

① 彼得·斯丛狄：《现代戏剧理论（1880—1950）》王建译，北京大学出版社，2006 年 3 月版，第 66 页。

② 雷蒙·威廉斯《现代悲剧》，丁尔苏译，译林出版社，2007 年 1 月版，第 138 页。

③ 雷蒙·威廉斯《现代悲剧》，丁尔苏译，译林出版社，2007 年 1 月版，第 138 页。

“保持纯洁”。雷蒙这一认识的偏狭之处是显而易见的。剧作家让人物进入“幻觉与自我欺骗”是为了表现人整体存在状态的孤独和绝望，是人物在剧作家构建的特殊情境中产生的具体动作，是形式构成意义上的整体构思，并不是源于什么“正直和真诚的人际关系”的不可能。具体到品特，他的戏剧并不是在表现“交流的不可能实现”。关于这一点，品特自己一再强调：“我们已经多次听到这种陈旧和讨厌的说法：‘交流的失败’……这种说法已经被相当固定地用在了我的作品上。我的看法正相反。我想，在我们的沉默中，在我们没有说出的话语中，我们交流得太好了，所发生的，就是一种不断的回避，绝望地企图将我们掩盖起来。交流得太明显了。进入他人的生活太令人恐惧了。向他人暴露我们自身中的贫乏的这种可能性也太可怕了。”① 因此，我们首先需要明白的是，品特戏剧中人的孤独并不是基于人际交流无法实现，而是一种情感需要，这种需要就是自我保护。就这种把表现对象（人的存在本质）和戏剧的本质绑在一起，认为不再致力于“人际关系”产生的戏剧性，就是反叛“戏剧形式”的谬误，谭霈生先生指出：

> 某种关于人的存在本质的流行的社会观念，与“戏剧形式”并不具有同一性，后者只是作为一种艺术的规定性。尽管剧作家可以根据某种社会观念去关照人的本性，然而，要进行表现，就需要把对象纳入到戏剧形式中去。②

谭霈生先生又特别强调了黑格尔对“关系”的定位。黑格尔把“关系”作为戏剧性存在的基础，说：“由于剧中人不是以纯然抒情的孤独的个人身份

① 品特：《归于尘土》，华明译，译林出版社，2010 年 9 月版，第 325 页。
② 谭霈生：《戏剧与叙事》，《四川戏剧》2013 年第七期，第 13 页。

表现自己，而是若干人在一起迈过性格和目的矛盾，彼此发生一定的关系。正是这种关系形成了他们的戏剧性存在的基础。"① 谭霈生先生认为，黑格尔所说的"关系"，"并不关涉到某种关于人的存在本质的社会观念，而是在讨论戏剧的形式结构"。② 那么，具体到《归于尘土》，品特是如何将"半消解的"人际关系，大量的"回忆往事"，以及"零碎而模糊的事件"纳入到戏剧的形式中去的呢？下面进入剧本分析。

我之所以把德夫林和瑞贝卡之间的关系称之为"半消解的"人际关系，是因为他们并不缺乏"人际间的交流"，但戏剧性并不产生于他们基于"人际互动关系"的"交流"，而是基于"戏剧的形式结构"意义上的关系——"不交流"或者"交流不上"。品特说他的戏里面所发生是现实主义的，任何时间任何地点随处可见，但他正在干的事情不是现实主义，对"关系"的这种处理方式也是造成"品特式"风格重要原因之一。本剧中，与其说是德夫林出于丈夫的嫉妒和愤怒在追问瑞贝卡，不如说是瑞贝卡在"主动倾诉"，但这倾诉绝不是对"往事"的如实交代，而是瑞贝卡对她所经历的刻骨铭心、无法承受的沉重的"往事"从头到尾的"梦幻加工"和"自我欺骗"。瑞贝卡的"往事"只是她与德夫林"关系"发展的载体，情境的构建与情节的发展都在现在时戏剧时空的这一对"关系"上，实现的也是这两个人物个性的揭示。品特的戏剧让观众注意的是，人物正在干什么，而不是前面发生了什么，以及后面即将发生什么。"往事"的细节清楚与否不重要，真正重要、真实并清楚的，是人物谈及"往事"的现实动机。

对德夫林而言，他想知道的是瑞贝卡的这个情人是谁，是干什么的，长什么样子，他们俩什么时候认识的，在他与瑞贝卡认识之前还是之后，他都

① 转引自：谭霈生：《戏剧与叙事》，《四川戏剧》，2013 年第七期，第 13 页。
② 谭霈生：《戏剧与叙事》，《四川戏剧》2013 年第七期，第 13 页。

对她干了什么，等等。这个人的存在，以及对瑞贝卡过往的不信任让德夫林懊恼不堪，他想知道“一切真相”，他觉得自己陷进了一个“泥潭”，而从这个泥潭爬出来唯一的方法就是把那个人揪出来，让这个死对头见鬼去！因此，德夫林的追问旨在抓住细节，追索真相。而瑞贝卡对“她的情人”的描述却沉浸在一种梦幻般的感觉里，戏是这样开场的：

【德夫林手持酒杯站立。瑞贝卡坐着。

【静场。

瑞贝卡　嗯……比如说……他会站在我的面前，攥紧拳头。然后他会把他的另一只手放在我的脖子上，抓住我的脖子，把我的头拉到他面前。他用拳头……摩擦我的嘴唇。然后他会说，“吻我的拳头”。

德夫林　那你吻了？

瑞贝卡　是啊。我吻他的拳头。他的指节。然后他会把手张开，伸出手掌……让我吻……我吻了。

【停顿。

然后我就说话。

德夫林　你说了什么？你说什么？你说了什么？

【停顿。

瑞贝卡　我说，“用你的手抓住我的喉咙”。当我吻他手的时候，我透过他的手掌，喃喃地这样说，可是他听得见我的声音，他隔着手也能听见，他感觉得到我在他手里的声音，他感觉到了那儿的声音。

【静场。

德夫林　他做了吗？他用他的手抓住你的喉咙了吗？

瑞贝卡　哦，是的。他做了。他抓住了那儿，非常轻柔，非常轻柔，是那样的轻柔。他喜欢我，你看。

德夫林　他喜欢你？

【停顿。

你是什么意思，他喜欢你？你是什么意思？

【停顿。

你是说他并没有压迫你的喉咙？你说的是这个吗？

瑞贝卡　不是。

德夫林　那是什么呢？你在说什么呢？

瑞贝卡　他用了一点儿……力量……压在我的喉咙上，是的。这样我的头就开始向后仰，轻微地，但也是真实地。

德夫林　那你的身体呢？你的身体怎么样呢？

瑞贝卡　我的身体也向后仰，轻微地，但也是真实地。

德夫林　那你的双腿分开了吗？

瑞贝卡　是的。

【停顿。

德夫林　你的双腿分开了？

瑞贝卡　是的。

【静场。

瑞贝卡在跟德夫林描述“她的情人”对她做过的一个动作，这个动作在她的感受中既强势又温柔，既暴力又暧昧，她在这样一双手的抓握中毫无戒备、完全放松和享受，是情人之间最亲密的状态，是瑞贝卡内心情感最真切地释放。问题是她为什么要对着她的丈夫进行这样“露骨”的描述和表达？难道她只是顾自做自己的“梦”，对德夫林视若无睹？也就是说，她没打算跟德夫林“交流”，这些话只是对自己说的？如果是这样，那么，德夫林真就成了一个只是促动瑞贝卡去“回忆往事”的因素，一个剧作家拿来串联往事的工具，而不是一个活生生的角色，“现在”也就真的只是引起“过去”的起因了。很明显，事实并非如此。静场之后，两人又进行了这样一番对话：

德夫林　你感到你正在被催眠吗？

瑞贝卡　什么时候？

德夫林　现在。

瑞贝卡　没有。

德夫林　真的？

瑞贝卡　没有。

德夫林　为什么没有？

瑞贝卡　被谁催眠？

德夫林　被我。

瑞贝卡　你？

德夫林　你怎么想？

瑞贝卡　我想你是一头公猪。

德夫林　我是公猪？我？你一定是在开玩笑。

【瑞贝卡微笑。

瑞贝卡　我开玩笑？你一定是在开玩笑。

【停顿。

德夫林对瑞贝卡的状态不太明白，他要搞清楚她是不是被自己“催眠”了。而瑞贝卡对自己在做什么十分清楚，在她看来，德夫林看不懂太正常了，他与“一头公猪”无异。因此，这样两个“世界完全不同”的人的“交流”，就呈现出了这样一种形态——“交流不上”。这样的一对“关系”与正常交流的“人际关系”是两码事，但毫无疑问是戏剧形式构成意义上的“戏剧性关系”，这种“关系”中，人物的矛盾不需要“完整而具体的”事件纠葛，他们本身就是矛盾的，虽然人物是具象的，但他们构成的是一种抽象化的、本质性的矛盾关系。这样的形式构成决定了在这样的戏剧中，戏剧性无法从“人际关系”中产生，但绝不意味着戏剧性因此消失或减弱了。可惜的是，当戏剧性不从“人际关系”产生，有些理论家们便像失去了上帝的信徒一样陷入了恐慌，他们急着为戏剧寻找新的信仰，这是多么鲁莽啊，戏剧只是转了个身，就像上帝换了件衣裳，他们就不认识它了。

这一番简短的对话是基于两个人“人际关系”的交流，但我们只从这番对话中是发现不了戏剧性的，真正的戏剧性产生于我以上所列出的，开场后两个人两番“对白”的组合，也就是第二个“静场”前后的两番对白。因为我们只有从这个组合中才能发现瑞贝卡和德夫林两人分别的一个“完整的动作”：瑞贝卡先是对德夫林进行了“梦幻式”的描述，然后又否定了自己是“被催眠”的。为什么？动机何在？人的复杂性就这样浮上水面，现于眼前。当我们可以自然地在心里问出这样一个问题的时候，才说明戏剧性产生了。再来看德夫林，他对瑞贝卡描述的内容难以置信，紧跟在瑞贝卡的后面，不遗余力地追问，就想知道她有没有对那个男人“分开双腿”，他得到了肯定的回答，然后沉默了。这沉默作者用一个“静场”的舞台说明来标示。德夫林怀疑自己是不是无意中对瑞贝卡进行了催眠，才让她说出那些“梦话”，但是这个猜想得到了瑞贝卡清醒又肯定的否认，“这些事情都是真的”，这就是这两番对白之后，德夫林得出来的结论，也是他后面动作的心理依据。在人物的对白中我们似乎看不见他们内心情感或情绪的起伏，但是剧作家在台词的间歇巧妙和细致地用了“停顿”和“静场”，来揭示人物“暗流汹涌”的内心节奏。这是品特用他的戏剧形式创造出的更高级的戏剧性，而我们要看懂这其中的奥妙，把握人物的“动作”依然是最根本的渠道。

战争作为大的时代背景，将人推向信仰虚无、秩序混乱、无所归依、焦虑不安的状态，品特将这所有的影响和改变具象化到德夫林和瑞贝卡这一对夫妻身上。他们带着战争的创伤，带着各自的“往事”和“隐秘”走到一起，带着两个不同的世界走到一起，他们的生活已经因为各种原因“结束”过很多次了，但是今天，他们再次来到“结束”的边缘，因为瑞贝卡的“往事”中出现了一个“情人”。德夫林所固守的“生活秩序”完全被这个突如其来的状况打乱了，一切都处于失控状态，这种失控感会像失去了上帝的照临一样让他恐惧不安。

事实上，战争已经让“上帝死了”，从这个层面上说，德夫林在“信仰”这个终极秩序失守之后，对某种“生活秩序”的固守也是一种抵挡恐惧的自我欺骗，同样出自情感需要。在品特的其他剧作中也还有几个类似的角色，他们在没有了上帝的现世中，用一整套浅显直白的“社会规范”自我欺骗，自我异化。因此，在这个突发状况中德夫林坚定了一个信念，他要把他的“对手”找出来，从瑞贝卡的记忆中把那个家伙揪出来，他的“高度”“宽度”，眼睛的颜色等等，德夫林只需要一个关于他的“样子”的清晰概念，不想去了解他的性情或者性格，然后践行他的座右铭——“让死对头见鬼去吧！”他要把自己的妻子“控制”在上帝赞许的范围内，身世清白、忠于家庭、热爱生活，不议论政治，不讨论暴行，他斗志昂扬地做着他的信条告诉他对的事情，在他的世界中是男人就该去做的事情，“把头浸入水中，往前钻，而不管风向天气，直至最后到达那里”。这就是德夫林追问瑞贝卡“往事”的动机。

在瑞贝卡的描述中，她的“情人”不但是个可以让她从情感到肉体都“束手就擒”的男人，还是一个富有领导力的“向导”，他在一座“工厂”里管理着许多“戴着帽子的工人”，他在人群中有很高的“威望”：

瑞贝卡　因为他管理着这个严密高效的机构，他说。他们都信任他。他们尊重他的……纯洁，他的……信仰。他们会跟着他翻过悬崖，走进大海，如果他要求他们的话，他说。他们会齐声唱着歌，跟着他走。他们其实很懂音乐，他说。

德夫林　他们对你怎么样呢？

瑞贝卡　我？哦，他们非常友好。我对他们微笑。他们每一个人立刻就会对我笑脸相迎。

【停顿。

唯一的问题是……那个地方太潮湿了。极其潮湿。

德夫林　那么他们没有穿合适的衣服吗？

瑞贝卡　没有。

【停顿。

但是德夫林明明记得前面瑞贝卡说的是她的“情人”为一家旅行会社工作，对此他提出了疑问，我们来看看瑞贝卡的回答：

德夫林　我想你说的是他为一家旅行会社工作？

瑞贝卡　还有另外一件事情。我想去浴室。但是我找不到。我到处找。我确信他们会有一间浴室。可我就是找不到它在哪儿。

【停顿。

他的确为一家旅行会社工作。他是一个导游。他总是去当地的火车站，走上站台，从那些哭喊着的母亲怀里把她们的婴儿抢走。

【停顿。

德夫林 是吗?

【静场。

瑞贝卡 对了，我非常不安。

德夫林 你不安吗? 为什么?

瑞贝卡 嗯，大概是因为我们几分钟之前听到的警笛声。

在以上的“回叙”中，瑞贝卡想起了某些场景、那些场景，那些切身的感受让她变得焦虑不安，尽管她努力地自我欺骗，把那些人和那些地方幻想成美好的，令人愉悦的，但是，那种让她急于找浴室洗澡的极度的“潮湿”感是骗不了自己的，她曾经在那里经受恐惧和煎熬，这一切终于让她无法再回避那个撕心裂肺的场面：他总是去当地的火车站，走上站台，从那些哭喊着的母亲的怀里把她们的婴儿抢走！她把她的不安归因于“几分钟前消失的警笛声”：

瑞贝卡 我讨厌警笛声消失。我讨厌警笛声回荡。我讨厌它离我而去。我讨厌失去它。我讨厌其他人占有它。我要它属于我，永远。它是多么美妙的一种声音啊。你不这样认为吗?

德夫林 别担心，它一定还会再有的。眼下正在路上朝你来了。相信我。你很快就会再听见它的。随时都会有的。

瑞贝卡 我会吗?

这该是多么无助和孤独的状态下才会产生的心理需要！德夫林当然体会不到“警笛声的安慰作用”，但是他很乐意把这种状况下的瑞贝卡当小孩子一样安慰，在她需要的时候，他就可以像父母一样把她拥在怀里，而且这种“安慰”对瑞贝卡是有作用的，她会真的像个小孩子一样从德夫林那里索取“宠爱”，所以瑞贝卡下面的这一段看似与剧情特别游离的，关于“钢笔掉地上”的“回叙”就带有这样的性质。但是德夫林此刻满脑子想的却是“这些事情究竟是什么时候发生的”。于是在“钢笔掉地上”这个具体的情境出现的时候，两个人带着不同的内心动机碰撞在了一起，对话就成了这样：

德夫林　当然会。他们很忙，那些警察。他们要做的事情太多了。他们要照看的东西太多了。他们不断收到信号，多数是代码。他们无时无刻不在满世界地东奔西跑，坐着警车，拉响警笛。所以你至少可以从中得到一些安慰。是吧？你再也不会孤独。你再也不会没有警笛声陪伴。我保证。

【停顿。

听着。你刚才说的这个家伙……我是说你和我谈到的这个家伙……这么说吧……你究竟是什么时候遇见他的？我是说这一切究竟是什么时候发生的？我还没有……我怎么才能把这……说清楚呢？是在你认识我之前呢还是在认识我之后？这是一个相当重要的问题。我肯定你会体会到的。

瑞贝卡　对了，还有件事，我很想告诉你。

德夫林　什么？

瑞贝卡　就是当我在写一张便条时，是关于洗衣服的一些注意事项。嗯……简单地说……就是洗衣服的清单。嗯，我把我的钢笔放在那张小咖啡桌上，结果它滚下去了。

德夫林 不会吧？

瑞贝卡 它就滚下去了，掉在了地毯上。就在我的眼皮底下。

德夫林 天哪。

瑞贝卡 那支钢笔，那只完全清白的钢笔。

德夫林 你不知道它是否清白。

瑞贝卡 为什么不知道？

德夫林 因为你不知道它以前在哪儿待过。你不知道有多少只手曾经握住过它，有多少只手曾经拿它写字，还有其他人拿它干了什么。你不知道它的历史。你不知道它父母的历史。

瑞贝卡 钢笔没有父母。

【停顿。

德夫林 你不能坐在那儿这么说话。

瑞贝卡 我可以坐在这儿。

德夫林 你不能坐在那儿这么说话。

瑞贝卡 你不相信我有权坐在这儿？你不相信我有权在我住的地方坐在这把椅子上？

德夫林 我说你无权坐在那把椅子上或者其他椅子上这么说话，这与你是否住在这里无关。

瑞贝卡 我无权说什么话？

德夫林 说那支钢笔是清白的。

瑞贝卡 你认为它有罪？

【静场。

这就是品特通过个性与情境契合产生的动作揭示给我们的，关于人与人之间"交流的真相"和"关系的真相"。全部的"回叙"都是出于特定心理内容的"戏剧性动作"。同时，这也是"回叙"构成情境的一个典型例证。德夫林在瑞贝卡焦虑不安的时候给了她所需要的安慰，这时候的德夫林是"强者"，而瑞贝卡是"弱者"，但是强弱两方此刻是和谐的，"支配权"的争夺战的烽火还没有点燃，双方势均力敌，就看谁先开口了。德夫林顺着他"强者"的气势率先打破"停顿"中的沉默开口发问，但瑞贝卡不打算顺着他来，被他掌控，相反，她现在所处的"弱者"的位置更容易让她获得支配的力量，就像一个刚刚哭过的四岁小女孩，"任性地"忽略了德夫林的问题，扯起了一件无关痛痒的"往事"——写洗衣服便条的时候钢笔从桌上滚下去了，一支可爱的钢笔。就像赖在爸爸怀里"陈述"自己在画画的时候，铅笔趁她不注意滚下桌子掉到地上了。瑞贝卡想得到的是德夫林"顺从的"回应，她知道他吃这套，他会按照她想的做。的确，瑞贝卡得逞了，德夫林给了她回应："不会吧？""天哪。"但是，当瑞贝卡说起"清白的钢笔"，她的意思当然是"干净的钢笔"，德夫林前面被瑞贝卡任性忽略的压抑突然找到了突破口，他迅速发起了反击。两个人之间的"权力之争"也由此正式拉开帷幕。

我们看，回叙"钢笔掉地上"这件往事不但是瑞贝卡在特定情境中出自个性的具体的动作，而且这件往事又构成了一个新的情境，让两人的动机继续凝聚，产生新的动作，改变关系，实现情境运动和情节发展。毫无疑问，这件"游离"的往事跟瑞贝卡的情人，战争或者暴行等两人正在谈论的"往事"没有丝毫关系，但是它是人物的动作线上有机的一环，对组织行动揭示个性起到了恰当的作用，这个事件就可称之为"戏剧性的事件"。彼得·斯丛狄所说的"事件成为附带的"，他指的不是戏剧形式构成意义上的"戏剧性事件"，而是瑞贝卡嘴里回叙的事件和德夫林在追问的事件。品特恰恰认为这种

“往事”不可追，因为没有真相。重要的不是戏剧人物在谈论的事件，而是他们怎么谈的，带着什么样的动机。“支配与控制权的争夺”是品特在追溯“往事”之下赋予人物的最真实的动机和动作。

暴行和苦难早已让瑞贝卡心中的“上帝”死掉了，但是德夫林还在执拗地固守，眼下的状况让他觉得自己仿佛“掉进了陷阱里”，他急于摆脱。瑞贝卡给了他一个言语不恭地评论：“就像上帝。”于是，德夫林发表了以下的言论，意思非常明确，驱逐上帝后果很可怕，并且你无权讨论暴行：

德夫林　……

小心，不要随便议论上帝。他是我们拥有的唯一的上帝。如果你把他赶走了，他就再也不会回来。他甚至不会再回头看一眼。到那时你怎么办呢？你知道这会怎么样吗？这种空虚？这就像温布利体育场里英格兰对巴西的足球比赛，场内却连个鬼影子也没有。你能想象吗？在一个空无一人的场子里，打两个半场。世纪之战。绝对寂静。没有一个人来观看。绝对寂静。除了裁判的哨音和一场混战。如果你拒绝了上帝，那就意味着足球这种伟大而高尚的运动将永远消失。加时后的加时后的加时也不得分，永远也不得分，始终不会得分。缺席。僵持。瘫痪。一个没有赢家的世界。

【停顿。

我希望你明白这种景象。

【停顿。

现在让我说点别的。刚才你说……我们这么说吧……你有些含含糊糊地提到了你的那个人……你的情人？……还有孩子和妈妈，等等。还有站台。我从中推断出，你是在说某种暴行。现在我来问问你这事。你认为自己拥有什么权力，使你有权利讨论这样一种暴行？

瑞贝卡　我没有这种权力。我身上没有发生过任何事情。甚至我朋友的身上也没有发生过任何事情。我从未受到过迫害。我的朋友们也没有。

德夫林　很好。

【停顿。

德夫林的"耳提面命"很奏效地把瑞贝卡控制住了，但是瑞贝卡在剧本开场描述的那个画面一直在德夫林脑中盘旋，相对于上帝或者暴行，这是更让他无法心安的事情，他的妻子竟然曾经有个能把她完全掌控的男人，他开始探究那种可以让她完全信任的"手法"：

德夫林　我们私下里谈谈好吗？我们来谈谈更加私密的事情，你自己亲身经历的某些事情。我是说，比如，当理发师捧住你的头，开始非常轻柔地给你洗头发，揉搓你的头皮，当他这么做的时候，当你的眼睛闭起来，他这么做的时候，他获得了你完全的信任，是吧？在他手里的不仅是你的头，而且是你的生命，你的心灵……幸福。

【停顿。

所以你明白我要知道的就是这个……当你的情人把手放在你的喉咙上的时候，他有没有使你想起你的理发师呢？

【停顿。

我说的是你的情人。那个想要谋杀你的人。

瑞贝卡迅速抓住机会，她要激起德夫林的嫉妒和愤怒，借以获得自己的言论权力。瑞贝卡强调那不是谋杀，正是因为他喜欢她，他才那样做，他对她有感情。德夫林果然被激怒了，他坚定地阐明了自己的立场——绝不会让他的死对头赢！一个男人就该这样，一个有毅力又勤奋的人，一个不说废话的人，一个有责任感的人，让他的死对头见鬼去！他激动地问瑞贝卡能不能跟上他的思路，当然，这正是瑞贝卡想让他进入的“思路”，于是，她紧接着给他“回叙”了以下的场景，关于暴行：

瑞贝卡 哦，是的，有件事我忘了告诉你。很有意思。我从通向花园的窗户往外望，从窗户望见了花园，在一个夏天的中午，在多赛特的那所房子里，你记得吗？哦不，你不在那儿。我想没有其他任何人在那儿。没有，就我自己。我一个人。我从那扇窗户望出去，我看见一大群人穿过树林，朝海边走，向着海的方向。他们似乎很冷，他们穿着外套，尽管天气是那么好。多赛特一个美丽、温暖的日子。他们带着行李。有几个……向导……引领着他们，指挥他们前行。他们穿过了树林，我可以远远地看见他们越过了悬崖，向大海走去。然后我就看不见他们了。我感到很好奇，于是我上楼，走到房屋最上面的窗户前，我的目光掠过了树梢，落在了海滩上。那些向导……引领着他们所有人穿过了海滩。这是一个多么美好的日子。那么安静，阳光照耀。我看见他们所有人都走进了大海。潮水慢慢地淹没了他们。他们的行李在波浪中四处飘浮着。

德夫林　那是什么时候？你什么时候在多赛特住过？我从来没有在多赛特住过。

【停顿。

德夫林的思路完全被瑞贝卡和她情人的“过往”控制住，他在一大段回叙中只听见了“多赛特”，瑞贝卡谈论的暴行他已无暇顾及。瑞贝卡在这一轮权力争夺战中完胜，她站上高地，毫无阻碍，用她自己的方式在“叙述往事”中表达着内心深深埋藏的情感，她获得了这样的权力，痛楚又愉悦。现在我们可以清楚地发现，为什么瑞贝卡会把自己过去遭遇的暴行加工成梦幻的，除了德夫林的“禁令”，自我欺骗，还有更现实的动机，当她通过与德夫林的“战争”摆脱压制和束缚，暂时性地赢得“表达的权利”的时候，她是快乐的。阳光照在暴行的记忆上，就是此刻瑞贝卡内心最真切的体验，所以，她的“回叙”就自然是她描述的这种样子：“这是一个多么美好的日子。那么安静，阳光照耀。我看见他们所有人都走进了大海。潮水慢慢淹没了他们。他们的行李在波浪中四处飘浮着。”这是多么复杂的内心情感，又是多么奇妙的戏剧构思。

随后，瑞贝卡又借“前几天有个人告诉我，有一种病叫作神经橡皮病”，轮番“轰炸”德夫林，趁他被“前几天”和“有个人”缠住的时候，用神经橡皮病的病理解释，将德夫林定位为“麻烦肇事者”。德夫林此刻就像落进蛛网的昆虫，只有招架之力，他不得不缓和态度，叫瑞贝卡“亲爱的”，并提议开车到市里去看场电影。瑞贝卡否定了他对她这个“滑稽的”称谓，只有在梦里，很久以前，她才听到过有人叫她“亲爱的”，那无法面对的一幕顺着回忆的隧道，再次在脑海中浮现，在充分的权力自由中，她绝望地掩饰着，痛苦地呐喊着：

瑞贝卡　……

我最好的朋友，我付出了所有感情的那个男人，那个我一见钟情的男人，我亲爱的人，我最珍贵的伴侣，我看见他走过站台，从那些哭喊着的母亲怀里把她们的婴儿抢走了。

【静场。

德夫林　你去看了金和孩子们吗？

【她看着他。

今天你要去看金和孩子们的。

【她盯着他。

你的姐姐金和孩子们。

瑞贝卡　哦，金！还有孩子们，是的。是的。是的，我当然去看了他们。我和他们喝了茶。我没有告诉你吗？

请注意，瑞贝卡第一次回叙这个“抢婴儿”的场面时是这样说的：“他总是去当地的火车站，走上站台，从那些哭喊着的母亲的怀里把她们的婴儿抢走。”那个情境中的瑞贝卡是处于“弱者”的支配地位，她的焦虑不安没有让德夫林对她横加指责和严厉控制。品特只用一个“停顿”，一句“是吗？”加一个“静场”去表现德夫林听到这些之后的内心动作。我们再来看此处，瑞贝卡的描述从词汇、句子到情感和语气，都更加从容和丰满，表达更加具体和畅快。这是一个由一系列小胜利达到的“阶段性胜利”，她通过与德夫林的“较量”赢得的“权力”终于可以让她痛快地陈述！静场。德夫林一溃千里，听着瑞贝卡对“暴行”赤裸裸的嘶喊，他什么也没说，转换了话题。转变的话题构成了一个新的情境，在这个情境中瑞贝卡的动作是"看着他"，"盯着他"，是一种充满自信的"宣示主权"和大胆的挑衅行动。的确，接下来在她对去姐姐家的情况的"回叙"中，瑞贝卡又给了德夫林重重一击，她说到了出轨的姐夫想回家却遭拒的事，我们来看看这一段对白中德夫林的反应：

瑞贝卡　他说他已经离开了另一个女人，他说他生活得非常孤独，他已经离开了另一个女人。

德夫林　他离开了？

瑞贝卡　他说他离开了。他说他想念孩子们。

【停顿。

德夫林　他想念他的妻子吗？

瑞贝卡　他说他离开了另一个女人。他说那从来就不是认真的，那只是性。

德夫林　啊。

【停顿。

那金呢？

【停顿。

那金呢？

瑞贝卡　她永远不会让他回去。永远。她说她永远不会再和他上一张床。永远不会。再也不会。

德夫林　为什么不会？

瑞贝卡　永远永远不会。

德夫林　但是为什么呢？

瑞贝卡　我当然去看了金和孩子们。我和他们一起喝茶。你为什么要问这个？你以为我没去看他们？

女人会“永远永远”将“犯了错误的”男人驱逐，这是一种威胁性的心理暗示，德夫林紧张了。戏到此处，瑞贝卡已经完全占据主动，掌控了德夫林，她全部的动作都是通过“回叙往事”来实现的。但是瑞贝卡认为还不够，紧接着，她又通过“回叙”从姐姐家回来的路上去看电影，描述在电影院的情况，又给了德夫林狠狠一击。她看的电影是一出喜剧，讲的是一对情侣的故事，男人会讲笑话逗乐女人，所有的观众都跟着笑，除了一个坐在她前面的男人，瑞贝卡毫不客气地表达了对那具“僵尸”的厌恶，仿佛德夫林就是这具僵尸：

德夫林　听上去挺有意思。

瑞贝卡　但是有个男人坐在我的前面，在我的右前方。在整场电影期间，他就一动不动地坐在那儿。他纹丝不动，他很僵硬，就像僵尸一样，他一次也没有笑，就像一个死尸坐在那儿。我走开了，远远离开了他，越远越好。

【静场。

德夫林　现在瞧瞧，让我们再次开始吧。我们生活在这里。你不是生活……在多赛特……或是其他什么地方。你和我生活在这里。这是我们的家。你有一个很好的姐姐。她住得离你很近。她有两个可爱的孩子。你是他们的姨妈。你喜欢这一切。

【停顿。

你有一个漂亮的花园。你喜欢你的花园。你亲手创造了那里的一切。你的手很灵巧。你的手也很漂亮。

【停顿。

你听见我说的话了吗？我在赞美你。事实上，我一直在赞美你。让我们再次开始吧。

两个人的较量到这里以德夫林的失败而告一段落，德夫林想从他规定的这一切重新开始，没什么多赛特或者其他什么地方，只有他们住的“这里”，有姐姐和外甥们，有漂亮花园和灵巧的手，有丈夫的赞美，唯独没有“往事”。德夫林想把瑞贝卡的“往事”抹去，然后重新开始。瑞贝卡也未尝不想这样，但是她清楚地知道这是不可能的，没法重新开始：

瑞贝卡　我想我们没法再次开始。我们很早以前……就已经开始了。我们开始过了。我们没法再次开始。我们可以再次结束。

德夫林　可是我们永远不会结束。

瑞贝卡　哦，我们会的。再次再次又再次。然后我们可以再次结束。然后再次又再次。然后再次。

德夫林　你是不是用错了“结束”一词？结束意味着结束。你不可能“再次”结束。你只能结束一次。

瑞贝卡　不。你可以先结束一次，然后你就可以再次结束了。

【静场。

不管是德夫林的“可以再次开始”，还是瑞贝卡的“只能再次结束”，他们表达的意思都是“生活就永远这么循环下去，不会改变”，就像西西弗与他的巨石，只能一次一次推上山顶，再看着它一次一次滚落山崖。而他们的生活也将永远这样，弥漫着没有硝烟的“战争”。这种共同的凄凉感暂时性地扫除了他们之间的隔膜，他们同唱起了一首歌：

瑞贝卡　（轻柔地唱起）“尘归于尘”——

德夫林　“土归于土”——

瑞贝卡　“如果你对女人不感兴趣”——

德夫林　“你就一定会对酒感兴趣”。

【停顿。

我一直知道你爱我。

瑞贝卡　为什么？

德夫林　因为我们喜欢同一支曲子。

【静场。

如果到这里德夫林不再说什么话，可能他们就会在这凄凉的无奈中开始另一个“开始”或者“结束”。但是“静场”之后，德夫林说了以下的话，率先打破和谐的平衡，发出了一个指向性明确的“压制性”动作：

德夫林　听着。

【停顿。

在这之前为什么你从来没有告诉过我你的这个情人？真的，我有理由大发雷霆。你认识到这一点了吗？我有理由大发雷霆。你明白这一点吗？

【静场。

请注意，这里有一个“静场”，然后是瑞贝卡的又一段“回叙往事”。“静场”意味着瑞贝卡在开始这段“回叙”时经过了深思熟虑：他们之间如果不来一次真刀真枪的较量，自己的“权力领地”永远也无法开拓，她会再次回到德夫林预设的"开始"，受到更为严重的控制和剥夺。同时这也是一个突破性的决定，瑞贝卡不想再扭曲和加工，甚至"美化"自己经历过的往事，遭遇过的那些暴行和迫害，来顺从德夫林的"支配"，她不想再"回避"，她要痛快地表达自己，她要说出"真相"。更深层地，她不想再躲在"海边花园后面"或者"窗帘后面"像一个旁观者一样描述自己经受的苦难，她在尝试面对自己，不再自我欺骗，这很艰难，但这一切的动作都在以下的"回叙"过程中得以实现：

瑞贝卡　哦对了，还有件事情我想告诉你。我站在市区一座非常高的建筑物顶部的一个房间里。繁星布满天空。我想拉上窗帘，但我停在窗口看了一会儿星星。然后我往下看。我看见一位老人和一个小孩在街上走过。他们都拖着行李箱。那个小孩的行李箱比他人还大。那是一个非常明亮的夜晚。因为繁星满天。老人和小孩正在从街上走过。他们空着的手相互拉着。我不知道他们要去哪儿。而当我正要拉上窗帘的时候，忽然看见一个女人跟在他们后面，怀里抱着一个婴儿。

【停顿。

我告诉你街上结冰了吗？冰结得很厚。所以她得非常小心地走。避开地面上的高高低低。星星没有了。她跟在老人和孩子的后面，直到他们走过了街角，消失不见了。

【停顿。

她站住不动了。她亲吻她的孩子。是个女孩。

【停顿。

她亲吻她。

【停顿。

她倾听孩子的心跳。孩子的心在跳动。

【房间里的光线已经变暗。灯很亮。

【瑞贝卡一动不动地坐着。

孩子在呼吸。

【停顿。

我把她搂紧。她在呼吸。她的心在跳动。

瑞贝卡在最后一句说出了“我”，母亲的天性激励着她，孩子的心跳无法回避地在耳边响起，她一把扯开了遮在眼前的自我欺骗的迷雾！就像把扎在自己胸口的那把刀拔出来刺向了德夫林！就像一头受了伤的母狮张开血盆大口向着蛮横的公狮怒吼。这个强有力的动作彻底激怒了他，德夫林抓住瑞贝卡的喉咙，把她攥在手心里，就像“她的情人”曾经对她做的，但是绝对没有理发师一样的温柔：

【德夫林走向她。他站在她面前，俯瞰着她。

【他握紧拳头，放在她的面前。他把左手放在她的脖子后面，然后抓住她的脖子。他把她的头按向他的拳头。他的拳头碰到了她的嘴。

德夫林　吻我的拳头。

【她没有动。

【他松开拳头，把手掌放在她的嘴上。

【她没有动。

说吧。说。说“用你的手抓住我的喉咙”。

【她没有说。

叫我用我的手抓住你的喉咙。

【她既不说话，也没动。

【他把手放在他的喉咙上。轻轻压迫。她的头向后仰。

【他们停住不动。

【她说话了。有回声。他的手松了下来。

瑞贝卡没有在德夫林赤裸裸的"暴力"中放弃自己，她用沉默和静止表达对抗，她勇敢地开口了，自己无法面对的那一幕"往事"，襁褓中的女儿在站台上被抢走，她喊出来了，回声激荡！回声是出声的沉默，可以引起无尽的回响，更加增强沉默的力量。

瑞贝卡　他们把我们带上火车

回　声　火车

【他把手从她的脖子上拿开。

瑞贝卡　他们把孩子抢走了

回　声　把孩子抢走了

【停顿。

瑞贝卡　我带着我的孩子，我把她裹在我的披巾里

回　声　我的披巾里

瑞贝卡　我把它做成一个包裹

回　声　一个包裹

瑞贝卡　我把它挂在我的左臂上

回　声　我的左臂上

【停顿。

瑞贝卡　然后我走过去，带着我的孩子

回　声　我的孩子

【停顿。

瑞贝卡　可是孩子哭了起来

回　声　哭了起来

瑞贝卡　然后那个男人把我叫了回去

回　声　把我叫了回去

瑞贝卡　他说你那儿有什么

回　声　那儿有什么

瑞贝卡　他伸出手来摸包裹

回　声　摸包裹

瑞贝卡　我给了他包裹

回　声　包裹

瑞贝卡　那是我最后一次拿这包裹

回　声　这包裹

【静场。

我们看，瑞贝卡只是在“回叙”和“描述”孩子在站台上被抢的过程，只有过程，但是，谁也不会把它读成冷静的“叙述”，这是一颗被深深地伤害了的母亲的心所发出的痛苦的嘶喊和控诉！这是出自角色的饱含着内心情感的典型的“戏剧性动作”。接下来，还是对过程的“回叙”，简单的回叙，但是这一段描述中包含着更丰富的心理内容：

瑞贝卡　然后我们上了火车

回　声　　火车

瑞贝卡　　然后我们到了这里

回　声　　这里

瑞贝卡　　然后我遇见了一个女人，我认识的

回　声　　我认识的

瑞贝卡　　她说怎么样了，你的孩子

回　声　　你的孩子

瑞贝卡　　我说什么孩子

回　声　　什么孩子

瑞贝卡　　我没有孩子

回　声　　孩子

瑞贝卡　　我不知道什么孩子

回　声　　什么孩子

如果瑞贝卡“回叙”到这里，我们尚不确定她是在碰到那个女人的时候，在“往事”中自我欺骗呢，还是现在她又改变主意了？明明她刚像勇士一样突破了德夫林的控制，获得了自己表达的权力和空间啊，明明她刚迈出了那艰难的一步，戳破梦幻般的自我欺骗，勇敢地面对，现在她又退缩回去了吗？品特又给了她这样一个动作，剧本结束：

【停顿。

瑞贝卡　　我不知道什么孩子

【长时间的静场。

【暗场。

这句台词前面有一个“停顿”，后面没有跟着“回声”。是的，此时此刻，而不是在“往事”中，瑞贝卡选择了“自我欺骗”，重新回到德夫林所说的“开始”。他们将再次“开始”，当然，也会有再次“结束”，这就是品特通过他独特的戏剧形式传达给我们的关于生活的“荒诞”。

第三章

“叙事的自我”还是“行动的主体”？

一、“人际互动关系”消解之后“戏剧性关系”的构建——《风景》剧本分析

《风景》是个读来让人绝望的剧本。因为你将在其中看到两个情感世界完全没有交集，却生活在一起的人，一对夫妻。五十岁出头的达夫和贝丝为塞克斯先生服务，达夫是司机，贝丝是管家。现在时的戏剧时空是塞克斯先生家乡房屋里的厨房，厨房里有一张长餐桌，贝丝坐在桌子左边的扶手椅上，达夫坐在桌子右角的一把椅子上，两个人在“说话”，但交谈的状态是这样的：“达夫通常在说贝丝，但似乎听不见她说话。贝丝从来不看达夫，似乎听不见他说话。两个人物都很放松，一点也不僵硬。”这是品特在舞台提示中对人物的“特别说明”。在以下的剧本分析中，我们将关注两个问题：一是以各自叙述“往事”为内容在“说话”的两个人，是“叙事的自我”还是“行动的主体”？二是面对已经放弃“交流”的剧中人，剧作家对剧本的结构有没有让他成为“隐含的叙事者”？解决这两个问题的路子并不复杂，依然是看他们对往事的“回叙”是不是个性与情境契合之后产生的“动作”，作者标注的“舞台提示”是不是人物“动作”的有机部分，要确证这两点，最根本的，还是要找出让人物进入其中，凝聚为动机的“情境”是如何构建的。

在正式进入剧本之前，为了更加明晰品特独特的创作思路，我们有必要先梳理一下他基本的戏剧观。其实，哈罗德·品特并不是从一开始就是一个剧作家，他的戏剧创作生涯从1957年才开始，在此之前他是个演员，但是他是个“一直在写作”的演员，那个时候他写的是什么呢？“不是剧本。几百

篇诗和一些短篇散文，它们中相当多是对话体，有一篇是独白，后来我把它改编成了讽刺短剧。我还写了一部小说。"[①]那么，人们可能会提出质疑，像《风景》这样的作品，或许是延续了他写诗的习惯？人物之间以"独白"的方式自我表达，也许是品特混淆着散文、小说或者戏剧的体裁界限，创造了一种"任意妄为"的戏剧风格？要知道，除了以上列出的，品特还在写作电视剧、广播剧、电影以及小说改编等领域很有成就，著名的电影《法国中尉的女人》及根据普鲁斯特的小说改编的电影《追忆似水流年》都是出自品特手的成功之作。但是这并不意味着他不注意区分各艺术种类的特征，他非常肯定地说：

> 我不把写作的种类加以区分，但是当我为舞台写作时，我总是保持行动的连续性。[②]

品特是在对戏剧的艺术特征非常明确的前提下才开始戏剧创作的，那么，究竟又是什么促动他用戏剧的形式去表达他对生活与人的感受和思考呢？"有一天，我走进一个房间，看见两个人在里面。后来有段时间此事一直在我心中挥之不去，我感到我要把它表现出来，把它赶出我的脑海的唯一办法就是通过戏剧。我从这幅两个人的图画开始，让他们从那儿继续下去。这不是从一种写作到另一种写作的经过深思熟虑的转变。它是一种相当自然的行为。"[③]"我从进入一个特别情境的人出发"，[④]有必要再次重申，这个进入特别的情境中的人就是"处于其生活的极端边缘上，此时此地他们相当孤独地生活

① 品特：《归于尘土》，华明译，译林出版社，2010年9月版，第328页。
② 品特：《归于尘土》，华明译，译林出版社，2010年9月版，第329页。
③ 品特：《归于尘土》，华明译，译林出版社，2010年9月版，第328页。
④ 品特：《归于尘土》，华明译，译林出版社，2010年9月版，第328页。

着”的人，他的戏剧处理的是其人物“一生中一个短暂的、也许是高潮的时期”。在他大量的跨文类创作实践之后，品特不无感慨地说：“为舞台而写作是所有事情中最为困难的。”①

谭霈生先生在谈到现代戏剧的情境时说：“现代戏剧还有一个明显的趋势，就是情境愈来愈假定，甚至是怪诞的，这只是情境的变异，而并非是对戏剧本质的否定。这种形态的情境，不仅为表现人的生存状态和人类本性的变异提供了更大的可能性，也使作品具有更大的包容量和艺术概括力。”②品特此剧戏剧情境的构建并没有“怪诞”因素，它的“假定性”更多地表现为“本质性”，也就是说，人物所处的生活状态本身就是一个极端的情境，这极端的情境就是“放弃交流”之后的绝望对峙。放弃交流意味着不再有“人际关系”，但是绝不意味着放弃或否定了戏剧形式构成意义上的“人物关系”，不意味着人物失去了“动作”。恰恰相反，“放弃交流”的人物关系正是本剧最具活力的戏剧性关系，因为在这封闭的空间里，在这“不交流”的两个人物之间，存在着两种力量的较量，这两种力量来自贝丝与达夫两个不同的世界，这两个完全不同的世界分别由两个人的个性凝聚而成，如铜墙铁壁一般，谁也不肯敞开一丝丝缝隙让对方渗透进来。他们决绝地自我封闭着，但又无可奈何地相互依存着，擦肩而过的时候火星四溅，但他们小心地躲避着，绝不碰撞，各自坚守着自己的生活方式与原则，防备着被对方进入和改变。在共同的空间里，在这样绝望的对峙中，他们对自己的“描述性表达”就成了一种自我防卫和入侵对方的工具。因此，在这样两个人物之间，我们能够听见的语言并不是真正的戏剧内容，他们“戏剧性关系的建立与展开”都在这层语言的下面，在他们保持沉默的那个空间里。

① 品特：《归于尘土》，华明译，译林出版社，2010年9月版，第330页。

② 谭霈生：《对戏剧本质的再认识》，《人民日报》，1987年12月。

梅特林克这样形容“高级戏剧诗人”的创造：“诗人显然在日常的生活中加进了东西，是什么，我不知道，那是诗人的秘密。然而对我们说来，一种生活的启示突然降临了。生活显示了令人惊叹的崇高，显示了它对我们所不知道的力量的顺从，显示了它那没有尽头的亲缘关系，也显示了它那激起敬畏的神秘。”① 品特的剧作似乎是对梅特林克戏剧追求的最好注解。梅特林克认为最有戏剧性的对白是能够听得见“回声”的对白，“这正是冒险得以展开的领域，这正是你应该倾听着‘回声’的对话。……当然，它极其轻淡，而且又变化不定。然而，难道我们不应该努力去靠近这样的领域，事实上，万物都是由它而生的。”② 这是多么让人赞叹的戏剧理想！再来读一读下面品特关于“沉默”的一段话，我们会发现他们之间的默契：

> 有两种沉默。一种是没有说话；另一种是滔滔不绝。这种话语说的是一种潜藏在下面的语言。这就是它不断涉及的东西。我们听到的话语是我们没有听到的东西的指征。正是这种必需的回避，这种强烈的、狡猾的、痛苦的，或者是嘲讽的烟幕将其他的东西掩盖起来了。当真实的沉默降临的时候，我们还停留在回声中，但是近乎赤身裸体。考察话语的方式之一就是，把它看作一种掩盖赤身裸体的持久方法。③

沉默是说出来的语言的回声，动机在其中赤裸现身。关于《风景》的语

---

① 中国社会科学院外国文学研究资料丛刊编辑委员会：《外国现代戏剧作家论剧作》，中国社会科学出版社，第 38 页。

② 中国社会科学院外国文学研究资料丛刊编辑委员会：《外国现代戏剧作家论剧作》，中国社会科学出版社，第 40 页。

③ 品特：《归于尘土》，华明译，译林出版社，2010 年 9 月版，第 325 页。

言风格，美国学者威廉·巴克尔（William Baker）认为该剧“采用的是支离破碎的独白，而不是人物对话”，“贝丝和达夫都有着音乐般的声音，却都沉浸在各自的思绪中，两人的独白犹如一曲充满抒情气息、又南辕北辙的和声。”① 我国品特戏剧的翻译和研究专家华明先生也认为：“在该剧中，贝丝与达夫所说的不是对话，而是独白，这一点是不言而喻的。这些独白与其说是一种有逻辑的回忆，不如说是一种漫游式的联想，特别是贝丝的思绪，某些内容也可以看作是幻想。”② 针对贝丝的独白，他提出了两种解读思路：“一种将贝丝的独白看作是回忆，另一种将其看作是幻想。③ 但笔者认为，《风景》的语言形式不是传统意义上的“对白”，但也不是完全的“独白”，“独白”只是语言的表层，语言之下的动机是凝聚着明确的动作性指向的，或者叫“独白式对白”。为了方便起见，以下我还是沿用“独白”来称呼这种语言的形式。《风景》从贝丝的独白开始，这是一段对她和“她的男人”在海边沙滩上的情景的“回叙”，毫无疑问，这已经是“个性与情境契合”后产生的凝聚着“动机”的动作。品特在这段独白中给贝丝标示了 13 个“停顿”，个性在其中得以揭示：

贝丝　　我喜欢站在海边。就是那儿。

【停顿。

我站在那儿。很多次。我喜欢这么做。我做了。

【停顿。

我会站在沙滩上。在沙滩上。哦……空气非常新鲜。但是天

① 威廉·巴克尔：《哈罗德·品特传》，任蕾蕾，孟国锋译，江苏人民出版社，2017 年版，第 85 页。
② 华明：《品特研究》，商务印书馆，2014 年版，第 236 页。
③ 华明：《品特研究》，商务印书馆，2014 年版，第 236 页。

很热，在沙丘上。但空气是那么新鲜，在海边上。我非常喜欢。

【停顿。

有许多人……

【停顿。

人们轻松地走着。男人。男人走着。

【停顿。

我从沙丘走到海岸。我的男人躺在沙丘上。我站着，他翻了个身。他的眼皮。肚脐。睡得多么可爱。

【停顿。

你想要个宝宝吗？我说。孩子？宝宝？我们自己的？那当然好。

【停顿。

女人们转身，看着我。

【停顿。

我们自己的孩子？你想要吗？

【停顿。

两个女人看着我，转过身来盯着我看。不。我走着，她们不动。我转过身。

【停顿。

你们为什么看我？

【停顿。

我没有那么说，我盯着看。然后我看着她们。

【停顿。

我很美。

【停顿。

我走回沙滩上。他已经翻身了。脚趾埋在沙里，头埋在手臂里。

如果语言可以发射子弹，那贝丝这段独白相当于一挺 AK-47 的威力，对达夫而言。一切都是悠然自得的，贝丝以一种绝对自信的姿态慢条斯理地描述着：我喜欢站在海边，我就站在海边，我喜欢这么做，我就这么做了，很多次。海滩上空气新鲜，有很多男人轻松地走着。我的男人躺在沙丘上，睡得很可爱，我想给他生一个我们自己的宝宝，我轻声问他。我很美，吸引了女人们看我。我从海岸走回沙丘来的时候，我的男人翻了个身，脚趾埋在沙里，头埋在手臂里，很可爱。每一句话后面的“停顿”都是语言砸在地上的“回声”，沉重、有力，毫无破绽，铜墙铁壁，所向披靡，有节奏的攻击。但是，请注意，语言在这里更多地充当了“武器”的作用，不能从中追索真相，品特明确地告诉我们，这其中有人物虚构和加工的成分，比如贝丝的这句话：“两个女人看着我，转过身来盯着我看。不。我走着，她们不动。我转过身。”她在随时调整着脑中浮现的画面，以让自己处于“更主动”的位置上。接下来是达夫的台词，他“回叙”了昨天在公园里遭逢的一场雨：

达　夫　狗跑了。我没有告诉你。

【停顿。

昨天，我不得不在一棵树下躲了二十分钟。因为下雨。我想告诉你。和一些年轻人。我不认识他们。

【停顿。

然后雨小了。又是一阵大雨。我刚走到池塘边。然后我感到几颗大雨点。幸运的是我离躲雨的地方只有几步路。我在那儿坐下来。我想告诉你。

【停顿。

你记得昨天的天气吗？那阵大雨？

贝　丝　他感觉到了我的影子。我站在他身边，他抬头看我。

达夫没打算反击，反而是靠拢的求和姿态。如果贝丝独白中的“停顿”是语言攻击力的“震荡波”，那么达夫这段独白中的“停顿”就是“期待”，期待贝丝回应。他“想告诉她”昨天他突遇那场雨的情况，可怜巴巴地在一棵树下躲了二十多分钟，和一些不认识的年轻人，狗还撇下他跑了。不过是遇到了一场雨，但重点不在雨，而在达夫“想告诉她”的态度和想法，就像一个小孩子，想让生了气的妈妈接纳他，就会拿一些小小的、不值一提的事情来告诉她。可是贝丝没有被打动，她生硬地忽略了达夫的“示好”，继续用最厉害的“武器”——她和“她的男人”的二人世界来回绝和攻击。很明显，达夫接收到了这样明确的信息。接下来两个人的动作随着关系的微妙变化而发展着：

达　夫　我应该带些面包。那样我就可以喂鸟了。

贝　丝　他手臂上有沙子。

达　夫　它们到处蹦蹦跳跳。发出叽叽喳喳的声音。

贝　丝　我在他身边躺下，没有接触。

达　夫　我躲雨的地方没有其他人。树下有一个男人和一个女人，在池塘的另外一边。我没有感到被淋湿了。我就待在我站的地方。

【停顿。

对了，我忘了一件事。狗一直跟着我。

因为贝丝的“不回应”，达夫迅速调整了状态，当然是通过修改“往事”的内容来实现的，他扔掉了“被动求和”的姿态，强调了自己的主动性：他应该带点面包喂鸟的，鸟儿们那么可爱，并且这次成了他一人躲雨，那些能把他显得老态和无助的年轻人都被抹去了。他顾自站在树下，没感到被淋湿，池塘对面的一男一女与他无关。最重要的是，狗没跑，狗一直跟着他呢，一切都好极了。达夫说完之后，贝丝说她的台词之前，有一个停顿，在这“停顿”的时间里有丰富的内心动作在展开：达夫不再被动躲避，而是亮出了“架势”，贝丝在思忖着反击。突出自己的与众不同和主动性，接下来就是两人通过各自回叙“往事”的独白所进行的较量，这个场面结束时终于分出了胜负：

【停顿。

贝　丝　那些女人认识我吗？我不记得她们的脸。我以前从未见过她们的脸。我以前从来没有见过这些女人。我敢肯定。她们为什么盯着我看？我没有什么奇怪的地方。我看起来并无特别之处。我看上去就和其他人一样。

达　夫　狗不会介意我喂鸟儿的。而且，我刚一到躲雨的地方，它就睡着了。但是即使它醒过来了……

【停顿。

贝　丝　当我下车的时候，出门的时候，或者下台阶的时候，他们都轻柔地扶着我的手臂。没有例外。如果他们抚摸我的颈背，或者我的手，也是这样轻柔。没有例外。只有一个例外。

达　夫　小心，这个地方到处是屎，小路上，池塘边。狗屎，鸭屎……各种各样的屎……遍布小路。雨水并没有把它们冲洗干净。反而把它们弄得一塌糊涂。

【停顿。

鸭子们在远处，在它们的岛上。但是我没有喂它们。我想喂麻雀。

贝　丝　我现在可以站起来了。我还是那样。我穿得与众不同，但是我很美丽。

【静场。

贝丝通过回叙“那些女人”对她的注目，造成一种封闭的自我满足感，她完全沉浸在女人们投来的目光中，超然地自信着：我没什么不同啊！这些陌生的女人为什么总盯着我看？贝丝的焦点完全向内，在自己身上，这是对达夫刚刚摆出的“主动姿态”赤裸裸的无视，是贝丝非常具体的动作。这一招很厉害，意思是达夫完全不在她的视野中。达夫严重受挫，因此，几乎是为了不至于太难看，他竟用“狗不会介意我喂鸟”来“撑场面”，彰显他那一点点可怜的自我，可能连他自己都觉得不好意思了吧，话说到一半就说不下去了。又一个“停顿”之后，贝丝说起了她走路的时候男人们对她的殷勤、周到和温柔，并特别强调了他们都很“轻柔”，只有一个例外。那么，在这个“停顿”里发生了什么，让贝丝毫不留情地把那一个“例外”拣出来，踢了出去？尽管达夫已经处于“弱势”，但是贝丝丝毫没有“心慈手软”，在这个“停顿”的时间里，她不急不缓，就像一个胸有成竹的猎手等待着猎物的斗志越来越弱，越来越弱，然后全面压上，给予致命一击！这一下子终于把达夫激怒，于是，才有了那一段关于各种“屎”的言论。请注意随后的这一个“停顿”，达夫自觉地控制了情绪，他缓和了下来，只说鸭子在远处，他想喂麻雀，他不想让这场较量升级，主动地回避了矛盾的爆发。在这轮交锋中贝丝胜利了，完全自信，没有一点损失：“我现在可以站起来了。我还是那样。我穿的与众不同，但是我很美丽。”一个“静场”，长时间的沉默。在这个具体的情境中，“静场”并不是空白，更不是剧作者的“陌生化”手法，它是动作的持续发展：胜利者在庆贺，失败者在喘息和调整。“静场”中发生的变化开始了一个新的场面。也就是说，在“静场”的沉默中，人物自觉地改变了关系，这是非常具体的动作。同时，关系改变之后又带来新的动作，打破沉默，构成新的情境和新的场面。“静场”之后的另一个场面是这样开始的：

达　夫　你应该找一天跟我一起到池塘那儿去，带些面包。没什么事情会妨碍你的。

【停顿。

有时我会碰上一两个我认识的人。你应该记得他们。

【停顿。

贝　丝　当我浇花的时候，他站在那儿，看着我，看着我收拾花儿。我很看重，他说。我非常地看重，照管那些花，我要给花浇水，收拾花儿，我说。他跟着我，看着，站在离我远一点的地方。花儿收拾完后，我停住不动。我听见他在走动。他没有碰我。我倾听着。我看着花儿，蓝的和白的，在花盆里。

【停顿。

然后他触摸我。

【停顿。

他抚摸我的颈背。他的手指，轻柔地，抚摸着，轻柔地，抚摸着，我的颈子，后面。

达夫缓和了矛盾之后以退为进，对贝丝抛出了一个动作：你应该找一天跟我一起去公园，说不定能碰见几个我认识的人，你也记得的那些人。他想把贝丝拉进他的生活方式，跟外界建立和保持联系的生活方式。"停顿"，达夫在等待，然而贝丝细致又温柔地"回叙"了一个场景："她的男人"看着她收拾花儿。蓝的白的花儿在花盆里开得漂亮，贝丝在倾听着他，期待着他。他先是跟着她、看着她，然后走过来抚摸她，非常轻柔地抚摸她的颈背。这段"回叙"背后的动机非常明确，她渴望的是这样眼里只有对方的"二人世界"，爱意自然流淌，沉静美好，时间仿佛停滞，万物仿佛也不存在了，让人向往。没有"停顿"，达夫说了以下的话：

达　夫　有趣的是，雨停了之后，当我张望时，池塘那边树下的男人和女人已经走了。公园里连个人影也没有。

很有意思，达夫在"回叙"中把公园里的人全都抹去了。他们都走了，只有他自己在公园里，很安静。让我们看看贝丝说了什么，她接在达夫后面的独白是没有"停顿"的：

贝　丝　我穿了一件白色浴袍。里面光着身子。

【停顿。

沙滩上连个人影也没有。很远处有个男人坐着，在防波堤上。尽管如此，他也不过是个阳光下的小点。尽管如此，只有当我站起来，或者当我走在从沙滩往沙丘去的路上，这时我才能看见他。当我躺下来的时候，我看不见他，因此他也看不见我。

【停顿。

我也许是弄错了。也许沙滩上空无一人。也许那儿没人。

【停顿。

他看不见……我的男人……无论如何。他一直没有站起来。

【停顿。

睡得多么可爱，我对他说。但我不干傻事，在那种情况下。我安静地躺着，在他身边。

【静场。

在这样具体的情境中，这是一段心理内容极其丰富的“独白”。达夫支开了所有的人，贝丝穿着浴袍，里面光着身子，情欲之火燃烧了起来，一触即发。但是，请注意，有一个“停顿”，然后在贝丝的视野中出现了一个男人，远远地只是一小点，躺下就看不见他了，当然他也看不见她。这是什么意思呢？“停顿”的时间里，贝丝控制了即将燃起的情欲，她在他们的世界中拉进了一个远远的人影，尽管很远，但那儿有人，她戛然而止了！又是一个“停顿”，不过也许是自己看错了，那儿大概没人，但是无所谓了，反正贝丝选择不跟达夫继续。再“停顿”，我的男人没有看见那个人影，但是他一直躺着，没有站起来。明显地拒绝达夫：你不是“我的男人”，他安静地躺着呢。“停顿”，他睡得多么可爱啊，我不做“傻事”，我听命于他，他在睡着，我只在他身边躺着，安安静静地。就在“情欲”将要把两个人吸到一起的时候，贝丝停下了，她回避了，因为她知道接下来达夫会有什么样的“动作”，她将被他“粗鲁和野蛮”地侵占，她不要这个，所以她拒绝了。静场。达夫受挫无言，他调整和安抚自己，转移话题。贝丝再一次站上主动权的制高点，她胜利了，但是她并不舒畅。新的场面开始，两个人的动作于是呈现为下面的样子：

达　夫　无论如何……

贝　丝　我的皮肤……

达　夫　这些天来我睡得很好。

贝　丝　感到刺痛。

达　夫　整个晚上，每天晚上。

贝　丝　我在海里。

达　夫　也许应该去钓鱼。多了解一点儿鱼类。

贝　丝　我在海里感到刺痛。

达　夫　它们是非常羞怯的生物。你得追寻它们。看见它们你不能太激动。或者太惊喜。永远不要。

贝　丝　我知道附近有家饭店，我们可以到那儿去喝点儿茶。

【静场。

贝丝的不舒服感过于强烈，也许她也觉出来自己对达夫过于决绝，于是通过“回叙”发出了这样一个动作：“我知道附近有家饭店，我们可以到那儿喝点儿茶”，这是一根橄榄枝，“静场”，贝丝在等待，但是发出这个动作并非是俯就的动向，只是以退为进，为自己制造支配和改造达夫的机会。达夫接收到这个信息，他在思忖，两次受挫之后还要继续吗？他决定抓住这个掌握着主动权的机会，再试试，两个人的动作继续发展：

达　夫　无论如何……我改变了计划，还挺幸运。等我出了公园，酒吧还开着门。

【停顿。

所以我想我可以顺便进去一趟，喝上一杯。我要告诉你。我在那儿碰上了一个怪人。起初我和老板说话。他认识我。然后这个怪人进来了。他要了一杯酒，然后批评这个啤酒不好。我不想听这个。

贝　丝　但是当时我想，饭店的酒吧也许还开着。我们可以去酒吧坐坐。他会给我买一杯酒。我要什么酒呢？还有他会要什么酒呢？他会要什么？我应该听他说。我会听见他的声音。他会先问我想要什么。然后他会要两杯酒。我会听见他这么说。

达　夫　这个啤酒简直就像马尿，他说。没法儿喝。啤酒没有问题，我说。不，有问题，他说。我刚跟你说了问题在哪儿。这是这一带最好的啤酒，我说。不，这不是，这个家伙说，这是马尿。老板抓起酒杯，喝了一口。好啤酒，他说。有人弄错了，这个家伙说，有人拿这个酒杯当尿壶。

【停顿。

老板把一个两先令六便士的硬币扔到了柜台上，让他拿走。这杯啤酒才两先令三便士，那家伙说，我欠你三便士，但是我没有零钱。把那三便士送给你儿子吧，老板说，再捎上我的祝福。我没有儿子，那家伙说，我根本就没有儿子。我敢打赌你根本就没有结婚，老板说。这家伙说：我没有结婚。没人肯嫁给我。

【停顿。

然后这个男人问老板和我，是否愿意和他喝一杯。老板说他已经喝了一杯。起初我没答应，但是这个家伙走过来，对我说：跟我喝一杯。跟我喝一杯。

【停顿。

他丢下一张十先令的纸币，说他还要一杯。

【静场。

贝　丝　我突然站起来。我走到海边，走进海里。我没有游泳。我不会游泳。我让海浪拍打着我。我在海水中休息。海浪非常轻柔，细腻。海浪抚摸着我的颈背。

非常有意思，达夫并没有理会贝丝用她和“她的男人”在饭店酒吧里的“往事”对他进行的引导：那个男人对贝丝有优雅的绅士态度。相反，他长篇大论地“回叙”了他在酒吧里碰到的一个怪家伙，第一句话就很粗鲁：“这个啤酒简直像马尿”，整个的内容根本谈不上绅士和优雅，“粗俗”还差不多，这完全不在贝丝能接受的情感逻辑上，因此，他在整个回叙的过程中有三个“停顿”，他在试探和观察。但是贝丝都没有说话。达夫竟然顺利地把一个酒吧里三个男人的粗鲁对话过程完整地“回叙”了一遍，他的“领地扩张”行为居然没有碰到阻碍！更怪的是“静场”之后贝丝“描述”的内容：不会游泳的她在海水中任由海浪拍打和抚摸，海浪轻柔细腻，安全又舒适的体验。为什么？在这“静场”的时间里发生了什么？达夫在这沉默时间里的动作我们很清楚，他在等待，等待自己这番话之后贝丝的反应。可是贝丝竟然很接受这个故事吗？以至于她静静地回味了那么久，然后快乐地像被海浪抚摩了一样舒适？是的，这就是贝丝，她喜欢达夫讲的这个“粗鲁的”故事，因为里面有某种她喜欢听的“真东西”。又一个“静场”，贝丝的反应让达夫有点蒙，但是他迅速调整，开始了新的“独白”动作，决定向贝丝靠近：

【静场。

达 夫 哪天天气好的话，你可以跟我一块儿到花园去坐坐。你会喜欢那里的。新鲜的空气。我经常上那儿去。狗也喜欢那儿。

【停顿。

我已经种了一些花。你会发现那儿令人愉快。看着那些花儿。如果你喜欢，可以摘一些。带回家来。没人会看见你。那儿没人。

【停顿。

在我看来，那儿是我们的幸运之地。平静地住在塞克斯先生的房子里，没人打搅我们。有一两次我还想从村里邀请一两个我认识的人来这儿喝上一杯，但是后来我否定了这个想法。没这个必要。

【停顿。

你知道你在花园里见到最多的是什么吗？蝴蝶。

达夫这段独白充满温情，天气很好，空气新鲜，狗也在，一个有花有蝴蝶的“二人世界”，原本邀请几个邻居的想法被自己否定掉了，这个动作的意图非常明显：达夫为贝丝摒弃了别人，他在主动以贝丝喜欢的方式向她靠拢。两人之间一个可以“宽衣解带”的时机又要出现了，这次，没有什么“停顿”或者“静场”，贝丝马上“回叙”了以下的内容：

贝 丝 我脱下衣服，穿上浴袍。里面光着身子。沙滩上连个人影也没有。除了一个老头，远远地坐在防波堤上。我在他身边躺下，悄声说话。你想要个宝宝吗？一个孩子？我们自己的？

那当然好。

贝丝的这段“回叙”的内容跟前面是重复的，不过情境不同，动机完全不同。前面贝丝在两人情欲即将燃起的时候，生硬地拉进来这个远远坐在防波堤上的老头，为的是拒绝和羞辱达夫。请注意此处贝丝是怎么说的，她强调的是沙滩上没有人影，只有老远处防波堤上坐个老头，远得看不见，可忽略不计，二人世界，私密又柔情，她躺下，轻声问他想不想要个他们自己的孩子，脸上挂着温柔的笑，一颗柔软的心对达夫完全敞开了。为什么会有这样的变化呢？当然是因为达夫顺从了贝丝的要求，给了她想要的“二人世界”，“敞开的怀抱”是奖赏性的接纳，那么，让我们来看看达夫是怎么做的：

【停顿。

达　夫　对于那场大雨，你怎么想？

【停顿。

当然，我是在下第一阵小雨的时候，在第一棵树那儿遇到那些年轻人的，他们打打闹闹，说说笑笑。我想仔细听听，搞清楚他们在笑什么，但是我听不清。他们声音不大。我使劲听，想搞清楚是什么玩笑。

【停顿。

可我无论如何也搞不清。

【停顿。

我那时想……在你年轻的时候……你不经常笑。你是……严肃的。

【静场。

达夫可没有那么傻，为了一次性欲的盛宴就要献上自己的“领地”，他是不干的，他要抓住这次机会，扭转局势，掌握主动。首先有一个“停顿”，他没有立刻凑上去，跳进贝丝的温柔“陷阱”，他提起了他在公园里遭遇的那场雨，没头没脑地问了一个问题：“对于那场大雨，你怎么想？”为什么达夫要在这个时候以这样的方式问这样一个问题？因为他刚刚在公园那场“大雨”中被贝丝打得落花流水，几近仓皇屈辱，此刻，在贝丝袒露的赤条条的光身子面前提出这个问题，是多么凶猛的反击！接下来，他夹杂着三个“停顿”的独白表达了这样的意思：躲雨的时候年轻人们在讲笑话，他想搞清楚那个玩笑，但怎么也搞不清。这让他想起了贝丝年轻的时候不常笑，很严肃。动作的意图很明确：来自人群的笑声我很喜欢，很想融入进去，可是你不喜欢，你总是很严肃的。他想利用贝丝此刻的尴尬处境逼迫她顺从他的喜好，他要求贝丝跟着他的思路走，对年轻人们的笑话产生好奇。“静场”，长时间的沉默，无声的较量在暗暗地酝酿着，贝丝开口了，个性与情境契合之后具体的动作，她“回叙”了以下的“往事”，我们看看她是怎样做的：

贝　丝　这就是他要找这么个荒凉孤寂的地方的原因。这样我就可以安静地画画了。我带着我的速写本。我拿出速写本。我拿出我的速写铅笔。可是没有东西可画。只有沙滩，大海。

【停顿。

可以画他。但他不要。他笑了。

【停顿。

我也笑了，和他一起。

【停顿。

我等他笑起来，然后我也微笑着，转过脸去，他会抚摸我的背，把我翻过来，对着他。我把鼻子……皱起来。我会和他一起笑，微微地笑。

【停顿。

他笑了。我可以肯定。所以我没有画他。

【静场。

荒凉孤寂是最直接的感受，拿出了作画工具却没有东西可画，只有沙滩和大海。为什么会有这种体验？因为她向达夫敞开的怀抱落了空，还着了凉，她落寞地搜寻，没有对象。但是，贝丝没有让达夫得意太久，她开始反击，独白中的几个“停顿”将贝丝针对达夫展开的心理活动的几个层次划分开：第一个“停顿”，她把达夫抛弃了，重回她和“她的男人”的二人世界，她把目光聚焦到他身上，就画他吧，可是他笑着不要，他拒绝了贝丝。第二个“停顿”，尽管他拒绝了她，但是她没有不高兴，因为他笑着，所以她跟他一起笑起来。第三个“停顿”，贝丝因为他的笑而笑，等他笑起来她会开心地跟着笑，她转过去，他会抚摸她，把她翻过来，贝丝会把鼻子皱起来，两个人亲密地笑。最后一个“停顿”，是贝丝刻意地强调：他笑了，她感到非常欣喜，没有比这个再重要的了，画画算什么，只要他高兴，她就不画他，一切听命于他。“静场”，可以听见贝丝关闭心门的重重回响。

达夫终于无法忍受，在接下来的“回叙”中，他开始指名道姓地攻击和伤害，用世俗的流言蜚语，用他对塞克斯先生与贝丝之间关系的嫉妒和猜疑，甚至不惜搬出来他曾经对贝丝“不忠实”的往事，来攻击贝丝用梦幻建造的“堡垒”，他用他们身陷其中的，再真实不过的“世俗”跟贝丝的“梦幻”对话，他一点一点地“描述”，从四面八方进攻，对准薄弱之处，毫不留情地发射炮弹。这并不是说贝丝与塞克斯先生真的有什么私情，这不重要，重要的是达夫针对贝丝采取的行动，他把现实中的一个大活人拉进来了。当贝丝再说起“她的男人”的时候，我们发现，贝丝那飘在云端，坚不可摧的“梦幻世界”，仿佛立刻就变成了地上的土楼，摇摇欲坠，不堪一击。面对达夫的步步紧逼，贝丝只剩了招架之力：

达　夫　从第一次面谈开始，塞克斯先生就喜欢我们，对吧？

【停顿。

他说我有一种感觉你们将成为很好的一对。你还记得吗？结果证明我们就是这样的。没有问题。我可以开好车，我可以擦好他的鞋，我自己挣钱吃饭。着手做所有的事情。他从来不缺任何东西，给照顾得好好的。告诉你，他是一个让人讨厌的家伙。

【停顿。

我从来就不可怜他，从不，对他那种孤独的生活。

【停顿。

他为你，为那个家，选了那条漂亮的蓝色裙子，他真是太好了。当然，也是为了他自己，让你在家里看起来很漂亮，在客人面前。

贝　丝　他在沙子里移动，用手臂搂着我。

【静场。

达　夫　你喜欢我跟你说话吗？

【停顿。

你喜欢让我告诉你我做过的所有事情吗？

【停顿。

还有我想到的所有事情？

【停顿。

嗯？

【停顿。

我想你是这么想的。

贝　丝　　搂抱着我。

【静场。

我们看，以上达夫的策略造成了一种戏剧性的效果，贝丝那个温柔的、绅士的、有可爱的睡姿和优美笑容的神一样的男人，仿佛跟塞克斯先生扯上了关系。达夫知道塞克斯先生的喜欢，以及那条漂亮的蓝裙子对贝丝的影响，且不论真相如何，他认为正是这些因素以及贝丝自己的美丽，让她构建起了那个自信的城堡。贝丝在里面像一位高傲的公主，完全忘记了她现实的身份和义务。在以上两人的独白中，达夫对塞克斯先生恶意的评论以及对那条“漂亮的蓝色裙子”的特意强调，使贝丝用来抵挡的这句“他在沙子里移动，用手臂搂着我”立刻变得庸俗不堪了。“静场”，贝丝没有还手之力，达夫乘胜追击。品特在达夫每一句问话的后面都标示了一个“停顿”。达夫每向贝丝抛出一个问题，“停顿”的沉默中就会有鞭子抽打的回响，达夫仗着他掌握的利器——流言的威胁，蛮横地逼迫着贝丝。在疾风骤雨般的“鞭打”之后，贝丝那句“搂抱着我”是多么无力而羞耻。“静场”，经受了灵魂戕害的贝丝在瑟瑟发抖。达夫完全拿住了这只可怜的“羔羊”，但他的目的并不是伤害她，扼杀她，而是支配她，让她“屈从”。因此，静场的沉默之后，等贝丝已经完全从云端跌下来，达夫向她伸出了手，给她打开了出口。贝丝紧接着进行了一段“回叙”，场景从纯净飘缈的海边转移到了尘土飞扬的巷子，他们的动作是这样的：

达　夫　当然，这也是为了他自己，能看到你在家里穿得这么美丽动人，给客人们留下了一个好印象。

贝　丝　我搭了一辆公交车到十字路口，然后走到老教堂旁边的巷子里。那儿非常安静，只有鸟叫声。有个老人在板球场上闲逛，弯腰驼背的。我站在太阳照不到的地方，一棵树下。

【停顿。

我听见汽车声。他看见了我，叫我停下。我站住了。然后汽车又开动了，慢慢地朝我开过来。我绕过车头，走在尘土里。因为有阳光反射，我看不见他，但是他一直看着我。当我到了车门那儿，车门锁着。他斜过身子来，把门打开。我进到车里，在他旁边坐下。他朝我微笑。接着他开始倒车，非常快地，一直冲出巷子到了十字路口，然后我们驱车前往海边。

达夫从他亲口制造的“流言”中“解救”了贝丝，他主动撇清了贝丝和塞克斯先生的“暧昧关系”，那条蓝裙子是塞克斯先生为了自己的面子。贝丝抓住了达夫的手，不管流言还是真相，此刻她唯一的选择就是“跟达夫站在一起”，“进入达夫的世界”，以证清白，她这么做了，通过“回叙”往事。在这段“往事”的场景中，公交车、老教堂、鸟叫声、闲逛的老人、强烈的阳光还有树，通通都在贝丝的视野中。在烈日和尘土中，“他”开着车出现了，斜着身子为她开车门，朝她微笑，快速倒车，冲出巷子，前往海边，奔向另一个“二人世界”。那个在海边沙丘上躺着的男人不见了踪影。这正是达夫希望看见的，逼迫着贝丝将“那个男人”从她的“记忆”中踢出去，就是他接下来具体的动作。贝丝“顺从”了，但是她并不是完全地被动，她从来也没有放弃她的“领地”，她的爱情梦幻世界，在这个世界里，男人对贝丝做的，都是温柔的呵护，焦点都在贝丝身上。管他是在沙滩上躺着，还是在车里为她开门，只要有轻柔的爱，她都喜欢。贝丝“顺从”了达夫，同时又在这个新的“回叙”的世界里控制着达夫。很明显，达夫感觉到了贝丝对自己这种反手的“支配”，有一个“停顿”，他在思忖新的对策，确定下一步的行动，然后开口了：

【停顿。

达　夫　好多人羡慕我们，你知道，住在这样的房子里，拥有这样的房子，完全属于我们自己。对于两个人来说，它太大了。

贝　丝　他说他知道一个荒凉的海滩，世界上没有其他人知道那儿，我们就是要去那儿。

达　夫　我对你非常温柔。我对你非常好，那天。我知道你很震惊，所以我对你非常温柔。从池塘回来的路上，我拉着你的手臂。你把手放在我的脸上，吻了我。

贝　丝　我袋子里装的所有食物都是我自己做的，或者说是我自己准备的。我自己烤了面包。

达　夫　我想那个姑娘本身并不重要。我想没有必要谈细节了。我决定不说了。

贝　丝　窗户都打开着，但是我们都带着风帽。

【停顿。

贝丝正在想象的“回忆”世界里驰骋，与开车的男人往一个“荒凉的海滩”去，远离尘土飞扬的俗世。达夫却对贝丝“回叙”了他对她坦白“不忠”之后的事，但是因为随后他对贝丝非常温柔，她还“把手放在他脸上，吻了他”，事情就这样解决的。达夫拿着贝丝对“温柔”极度渴望的短处，告诉她，她不是他世界的中心，他还可以拥有其他姑娘，但是她对他没办法。这是一个打击力极强的动作。同样，达夫在对贝丝进行了这样深度的打击之后，又给她留下了出口：我想那个姑娘本身并不重要。冷风飕飕，是此刻贝丝最深切的感受。事情还没有结束，达夫要进一步击碎贝丝全部的“梦”，让她像个奴仆一样受制于他，于是他故伎重施，再次把塞克斯先生扯进来，还有两个女人，通过“回叙”往事制造那对贝丝而言最为可怕的“迷雾”：

达　夫　那个星期五塞克斯先生举办了一个小型宴会。他夸奖你的烹调和服务。

【停顿。

两个女人。就这些人。以前从未见过她们。也许是他的妈妈和姐姐。

【停顿。

后来他们要咖啡。我在床上。我已经睡着了。我本来应该到厨房去帮你一把的，可是我太累了。

【停顿。

不过你上床的时候，我醒了。你精疲力尽。你头一沾到枕头就睡着了。你的身体……仰面朝天。

贝　丝　他是对的。那儿非常荒凉。连一个人影也没有。

【静场。

达夫对这个场景的描述包含着满满的暗示性，对贝丝和塞克斯先生的猜疑，非常可怕。这直接使贝丝放弃了荒凉海滩上的幻想，那个可以对她温柔备至的男人消失了。随后达夫用下面的独白将贝丝拉回到他们生活其中的世界，有灰尘和虫子的现实世界，不同的是，他收起了蛮横和凶狠，用他“想告诉”贝丝的态度。贝丝跟随着达夫的引导，落地了，她看到了自己的真实存在，在以下的独白中，贝丝唯一一次面对达夫用了“你”这个称谓，为了辩解她的清白，这也是全剧唯一一处浮上水面的“对白”：

达　夫　哪天我得去看看那所房子。我想告诉你。到处都是灰尘。我们要把它打扫干净。

【停顿。

我们可以进到起居室里，把窗户打开。我可以把那些旧冷水瓶洗干净。傍晚我们可以在那儿喝上一杯，如果天气很好的话。

【停顿。

我想有飞蛾了。我把窗帘拉开，它们飞了出去。

【停顿。

贝　丝　当我老了的时候，当然不像我现在这样，我不会是现在的我，穿着裙子，两腿修长，我会变老，我不会还是和现在一样。

达　夫　至少现在……至少现在，我还可以平静地到酒吧去，平静地到池塘边，没人对我唠唠叨叨说些闲话。

【静场。

贝　丝　你明白，所有这一切……我说……就是你温柔的抚摸，你温柔的表情，我的颈子，你的眼睛，安静，这就是我想说的，我的花是多么可爱，我用双手抚摸着我的花儿，这就是我想说的。

【停顿。

我看着其他人。我看到了他们。

【停顿。

所有汽车都是飞驰而过。男人身边带着姑娘。上下颠簸着。他们都是少男少女。他们尖叫着。

【停顿。

饭店酒吧里所有的人都尖叫着。姑娘们留着长发。她们微笑。

达　夫　总之，这很重要。我们在一起。这很重要。

【静场。

贝丝的双眼终于又看见了“生活”，不再只有流淌着爱情的“二人世界”，她看见了飞驰的汽车和汽车上颠簸着尖叫着的男女。但是，这样的生活本身并没有让贝丝不愉快，她并不排斥生活在世俗中，让她难受的是，她在被达夫“侵略”。尽管达夫打碎了贝丝少女一样的梦幻，让她不敢再拿与“她的男人”的幻想世界和他对抗，把他隔离，但是他改变不了贝丝的个性。情感结构完全不同的两个人矛盾无处不在，对抗无法消除，各自铜墙铁壁的“堡垒”再次在生活的洪流中被铸就，“回避”是“交流”的唯一途径，于是真正的“不交流”出现了，他们在对方说话的时候变成了“聋子”！不同的是，此刻，达夫居于强势的支配地位。两个人的动作像两条一强一弱的平行线，顾自发展，但戏剧性反而更加强烈，因为人的存在以及人与人之间关系的本质就这样暴露于眼前，孤独，绝望：

贝　丝　但是我很早就起来了。有很多事情要做，好多东西要清理。我已经把盘子浸泡在水槽里了。它们已经浸泡了一个晚上。

这样就容易洗。狗很快活。它跟着我。早上雾气蒙蒙。从河面上飘过来。

达　夫　这个家伙知道有关啤酒的好多事情。可他不知道我当过酒窖管理员。这就是我说话有权威性的原因。

贝　丝　我打开门，走了出去。周围没有人。阳光灿烂。湿漉漉的，我的意思是潮湿，满地潮湿。

达　夫　酒窖管理员就是负责的人。早上他起得最早。帮卡车司机搬运酒桶。从酒窖活板门沿着滑道放下去。用绳子把它们放下去，放到架子上。把它们放倒，给它们装上一个铁圈，使用平衡物加杠杆，把它们提升到架子上去。

贝　丝　还是雾气蒙蒙的，不过散了一些，正在散去。

……

达　夫　然后你把龙头装上。

贝　丝　我穿着我的蓝色裙子。

达　夫　让它待上三天。给酒桶盖上湿麻袋。每天给酒窖地板浇水。每天给酒桶浇水。

贝　丝　那是一个美丽的秋日早晨。

达　夫　每天通过管子给酒吧水泵输水。

贝　丝　我站在雾气里。

达　夫　抽啊。抽啊。抽到出现酒渣为止。酒渣没有任何用处。你有了一个空的酒桶。把酒糟放回空桶，把它送还给酿酒厂。

贝　丝　在阳光下。

毫无疑问的是，以上这段两人没有交流的“独白”穿插，是各自个性与具体的情境契合之后的“动作”，与“叙述”无关，是剧本情境整体的有机部分，是完全属于戏剧的，从来没有出现“叙事的自我”，或者“叙事形式的主体”。接下来，达夫喋喋不休地“回叙”了他的散装啤酒理论，夹杂着莫名其妙的专业术语，并最终使“那个家伙”放弃了他的桶装啤酒理论，信服了他的观点。浮夸、碎碎、无谓的言辞构成了强势的攻击性动作！被大多数评论家们一致接受的一种说法叫作“语言的暴力”，不管什么样的称谓，在戏剧中，这是再具体不过的饱含着“动机”的动作。“停顿”，之后贝丝的独白是这样的：“狗坐在我身边。我抚摸着它。透过窗户，我可以向下看到山谷里。我看见山谷里的孩子们。他们奔跑着穿过草地。他们跑上山坡。”贝丝的动作非常明确：无话可说，转过身，面对自我的世界，看自己能看见的风景。然后是舞台说明：“长久的静场”，这沉默是贝丝内心的回声，世界彻底安静了，来自达夫的声音被切断。情境和动作持续发展，再接下来，我们就看到了两人的“独白”呈现为这样：

达　夫　我一直没有看见你的脸。你正站在窗前。那些黑夜中的某个夜晚。一场大雨。我所能听到的就是草地上的雨声，击打在草地上。你知道我已经进来了，但是你没有动。我靠近你站着。你在看什么呢？外面只有黑暗。我只能看见你在窗户上的形象，你的映像。一定是什么地方有些光线。也许就是你的脸有反光，比其余的地方亮一些。我靠近你站着。也许你正在思索着，在梦幻中。不用碰你，我就能感觉到你的臀部。

【静场。

贝　丝　我一直记得绘画中明暗的基本原则。挡住光线的物体投下阴影。阴影就是缺乏光线。阴影的形状取决于物体的形状。但不全是这样。并不总是直接相关。有时阴影只是间接受到物体的影响。有时无法得知阴影来自何处。

【停顿。

但我一直把绘画的基本原则牢记在心。

【停顿。

所以我从未迷失方向。或者失去信心。

【停顿。

控制之后的动作就是"占有"，在某个雨黑夜，达夫在向贝丝靠近，他能看见的，除了思索着的贝丝在窗玻璃中脸的映像，就是她的"臀部"，不用碰到就能感觉，体内欲望积聚，蠢蠢欲动。这就是达夫"独白"动作的动机。"静场"。为什么不站起来行动？只是口头上的"欲望蠢动"吗？是他自己坐在椅子里不动，还是剧作家把他按住在椅子里，只为了某种"思想表达的需要"？也就是说，明明他们现在时戏剧时空的"独白"全部都是现实动机驱动的"动作"，那为什么现在像是被脑中的影像黏住了？他为什么不从椅子里站起来，或者向贝丝伸出手？一切奥秘都在"静场"中。达夫在等待"被制服"的贝丝"宽衣解带"，可是他不知道贝丝已经转过身去，不对抗了，但是也不再接纳，放弃了，关闭了。贝丝沉默着，冷静而理智，她在思考，此时生活的"全景"尽收眼底，"绘画的基本原则"就是生活的"真相"：光线打在物体上，投下阴影，"有时阴影只是间接受到物体的影响。有时无法得知阴影来自何处。"她用绘画的原理来表达她思考的结果。无法驾驭或者把控，但是只要看到了"真相"，就不会在风云变幻中迷失方向，失去自我，代价是孤独，但仿佛只能如此，于是"保持静止"就是贝丝接下来的动作。毋庸置疑，这段绘画理论的出现，是贝丝在具体情境中出自个性的动作，与剧作者没有半点关系，这思考是人物自身的，而不是剧作者赋予的。

步步为营的局面彻底失控，随之而来的是达夫的情绪失控，这种失控状态是在“唠叨往事”中得以体现的。达夫的“失控”对贝丝而言是另一种支配性的力量，她努力稳住自己，提醒自己生活的“真相”，不要再被这种力量卷进去：

达 夫　你习惯于在腰间佩戴一条链子。你在链子上挂上你的钥匙，你的顶针，你的笔记本，你的铅笔，你的剪刀。

【停顿。

你站在厅里敲锣。

【停顿。

你敲这该死的锣究竟想干什么？

【停顿。

真是扯淡。站在一个空荡荡的大厅里敲这个该死的锣。没人会听的。没有人听得见。房子里连个人影也没有。除了我以外。午餐没有东西可吃。什么也没有做。没有炖菜。没有馅饼。没有蔬菜。没有大肉。见鬼。

【停顿。

贝 丝　所以我从未迷失方向。虽然当我叫他转过身来看着我的时候，他转过身来看着我，而我却看不见他的样子。

【停顿。

我看不清他是否在看着我。

【停顿。

尽管他已经转过身来。好像是在看着我。

达夫的"失控"看上去像是对贝丝的"直接面对"，包含着对贝丝强烈的"索取"欲望，但贝丝很清楚，他只是"好像在看着"她，他并没有真正地在"看着"她，并且，他永远也做不到"看见"她，事实确实如此。戏剧结束在两个人以下的独白动作中：

达　夫　我把链子解下来，顶针、钥匙和剪刀从上面掉下来，撒在地上。我一脚把锣踢到了大厅那头。狗进来了。我想你会走到我这儿来，我想你会来到我的怀里，吻我，甚至……自己献身给我。我将在狗的面前占有你，像一个男人那样，在大厅里，在石板上，敲着锣，小心不要让剪刀或者顶针弄到你的屁股上，不要担心，我会把它们扔给狗去玩，顶针将会让狗很高兴，它会用爪子去玩耍，你将像一个女人那样请求我，我会在地板上敲锣，如果声音过于单调沉闷，缺少共鸣的话，我会把它挂回到钩子上，把你顶在上面猛干，摇晃，鸣响，把这个地方唤醒，叫他们所有的人都来聚餐，午餐准备好了，拿出火腿，猛干可爱的你，还得注意别让狗把顶针给吞下去，咣叽咣叽地干——

【静场。

贝　丝　他压在我身上，往下看着我。他扶着我的肩膀。

【停顿。

他那么轻柔地抚摸着我的颈子。他那么温柔地亲吻着我的脸颊。

【停顿。

我的手放在他的腰间。

【停顿。

我身上的沙子是多么舒适。我皮肤上的沙子是那么细腻。

【停顿。

我眼睛里的天空是那么宁静。潮水的声音是那么舒缓。

【停顿。

哦，我真正的爱，我说。

在独白中、在幻想中，达夫实现了对贝丝身体的“占有”，粗鲁、世俗又野性。值得注意的是“静场”，我们必须理清楚在这沉默的时间里人物具体的动作，才能证明这不是剧作者的“形式安排”，把两个人对这件事的不同态度摆在这里，形成对比，凸显个性。这不是戏剧的逻辑。戏剧的逻辑是，根据人物的动作以及具体的情境，去推测这动作背后的“动机”，个性的秘密、人物情感的复杂性，就蕴含在动机中。这里，明白“绘画的基本原则”，已经看清了生活的“真相”的贝丝在“静场”中发生了什么，让她在这样的情境中重新拾起了那已经被打碎的“海边的幻想”？她在“静场”的沉默中并没有让“理性”扼杀“人性”，她可以对达夫的“失控”保持镇定，但是她没有对达夫的“情欲”视而不见、充耳不闻，她在细细地感受着欲望的流动，血脉的偾张，在达夫进行着的时候，她也在用自己的方式进行着——幻想，对“真正的爱”的幻想。贝丝太清楚那无尽的孤独，清净却痛苦的孤独，走进去太可怕，可面对世俗一样可怕，总要活着啊，怎么活下去呢？“睁着眼睛自欺”就是她找到的“救赎之路”。这就是贝丝在“静场”加“独白”中进行的动作所揭示给我们的“人”和生存的荒诞。

二、“叙述”作为“动作”如何体现戏剧性——《沉默》剧本分析

剧本是为演员在舞台上的演出提供“动作”的文本。尽管叙事体和戏剧体文学都是用语言文字写成，但是这两种语言文字的性质根本不同，对于两者的区别，谭霈生先生作了清晰地说明：

> 剧本作为舞台演出的基础，首要的“规定性”就是要为演员的表演艺术提供“动作”。也就是说，剧本本身虽然可以说是一种文学体裁，它与其他文学体裁（如史诗、小说）虽然都是用“语言”（文字）完成的；然而，史诗（小说）中的“语言”基本上是“叙述法”，而在戏剧中，“语言”（文字）只是一种外在的形式，其主体、其内质，都应该是“动作”。①

也就是说，史诗（小说）中的语言文字是作者向读者传达思想、介绍人物的工具，是静止的，它的本质是“描述性”。即使在有很强动作性对话的史诗（小说）作品中，这对话也是作者塑造人物的一种“手法”，而不是人物在一个活生生、自成体系的完整行动链条上的自我表达。也就是说，在史诗（小说）中，语言文字和人物之间横亘着一个“作者”，正是这个“作者”的存在，使人物成为了虚构的“创造物”。诚然，戏剧中的人物也是虚构的，不过，你可以把戏剧中的人物称为“活的”，却只能把史诗（小说）中的人物叫

① 谭霈生：《戏剧与叙事》，《四川戏剧》2013年第七期，第5页。

作“生动的”，这是两个根本不同的形容词，“活的”是戏剧人物本身具有的特质，而“生动的”隐含的意思是指作者创作能力的高超。当然，一个很自然的问题可能会被人提出：剧本也是剧作家写成的，为什么剧作家（指高明的剧作家）笔下的人物就是“活的”，而史诗（小说）作家创造的就只能是“生动的”？首先需要强调的是，这里提出来“活的”和“生动的”两者之区别，绝对没有厚此薄彼的褒贬之意，只是为了区分两种文学体裁根本不同的创造手段。不错，戏剧也有一个作者，那么，一个根本的问题就是，如果史诗（小说）的作者是贯穿始终的“讲述者”，或者“描述者”，那么，剧作者在戏剧中做了什么？如果要一步步推理的话，首先就要看剧作家是如何让人物“活”起来的。当然是通过人物自身的动作。但是，必须保证人物的动作具有苏珊·朗格所说的“不可侵犯性、统一性、有机性、节奏性和不断成长性”的“生命特征”，这样人物才能“活”起来。如何做到呢？这就需要让人物产生这种“机能性动作”的情境具有“内生性”。当然，“内生性”的情境并不能单独存在，它是专门为人物“个性的显现”提供的催化剂。需要特别注意的是，“个性”是内在于人物的，并不是剧作家的创造。这就是问题的关键，剧作家的作用只是“发现”具有普遍性的、复杂的“个性”，并把这“个性”放在具有“内生性”力量的情境中，两者契合，凝聚为“动机”，情境不断发展，“动机”不断凝聚，情境不同，动机不同，而个性的复杂性就主要体现于动机的复杂性。就这样，个性遵循着自己的逻辑逐步“显现”其内在生命的深度与广度。

剧作家丝毫也不能插手人物的个性，更不能通过人物表达自己，人物只是他们自己，不是剧作家的工具。正像品特自己形容他的创作时说的：“我进入一个房间，看见一个人站着，一个人坐着，几周之后，我写了《房间》。我进入了另一个房间，看见两个人坐着，几年之后，我写了《生日晚会》。我从一扇门里看见了第三个房间，看见两个人站着，然后我写了《看门人》。"① 如果说剧作家有什么创造的话，那就是为人物"构建"具备内生性的情境，这样的情境必然同时又是"戏剧性"的土壤，然后把"个性与情境契合"之后人物的"戏剧性动作"组织为"戏剧场面"。场面的内容及场面与场面的联结自然体现"内部构成的戏剧性"，因此它们本身也成为"戏剧性的"，从而实现内外部统一。"戏剧性"既是动作的"性质"，又是戏剧的"原则"。关于这两点，谭霈生先生以下的话是最为明确的解释：

> 就人的动作的全过程来看，它总是沿着从外到内、从内到外的轨道发展的。某些事件和其他人物的影响，激起特定的心理活动内容，这种心理活动内容凝结成特定的"动机"，动作乃是动机的产物及其外现方式。对戏剧艺术来说，它要求通过具有直观性的动作揭示出人物的这种心理过程。从这个意义上说，当心理过程不能通过直观动作获得外现的时候，当然谈不上有什么戏剧价值。同时，如果直观动作不具有或不能传达出这种心理过程的时候，也不具有真正的戏剧性。②

这里再次对谭霈生先生的戏剧"情境本体"理论进行梳理，是为了说明作为"动作的性质"和"戏剧的原则"的"戏剧性"是所有风格流派的"戏剧作品"都具备的特性。在《沉默》中，品特大量使用了"叙述性"的独白，让人物在舞台上"回忆"和"描述"，这些已经与传统戏剧中的"独白"大不相同，我们需要证明的是，这些"独白"并不是"叙事体的叙述"，而是"戏

① 品特：《归于尘土》，华明译，译林出版社，2010 年 9 月版，第 329 页。
② 谭霈生：《论戏剧性》，中国戏剧出版社，2005 年 2 月版，第 60 页。

剧体的动作”，这些人物不是“叙事的自我”，而是“行动的主体”，这就要看品特是否用这些“叙述性”的独白和人物的对白组织起了人物完整的行动。如果是，那么，人物的“叙述性”独白就是戏剧中新的“动作元素”，是完全“戏剧化”了的，而非“叙事的”，做到这一点，“品特式”戏剧风格的另一种秘密也将被我们揭开。新的“动作元素”的使用对戏剧表现力的拓展至关重要，也对戏剧风格的多样化发展意义重大，关于这一点，谭霈生先生说：

> 原初的、基础性的动作元素有形体动作、言语动作（对话）等，在戏剧艺术发展的进程中，为了更有效地揭示人的隐秘的内心世界，不断地探索新的动作元素，剧作家在再现性（模仿）动作的基础上，又开拓了多种表现性的元素。这只能说明，动作的构成元素在变化（主要是愈来愈丰富），而动作的本性，却是不变的。概括地说，戏剧在以人的行动为对象时，动作的本性是把人的行动（连同行动的动机）直观地呈现在舞台上。正是这一点，把戏剧与叙述体文学区分开来。①

在戏剧中，如果运用恰当，“独白”毫无疑问是极富表现力的动作手段，尽管一些戏剧理论家将一切复杂的个性表现都寄希望于剧作家的结构技巧时曾经对独白的“累赘和拖沓”提出质疑，比如阿契尔就认为在戏剧中运用独白是“有失体面”的，意思仿佛是指只有平庸而无奈的剧作家才用这种直白又啰唆的办法。当然，莎士比亚等优秀剧作家的著名戏剧作品又反证了这种观点的偏颇。独白有“无声的独白”和“有声的独白”之分，无声的独白表

① 谭霈生：《戏剧与叙事》，《四川戏剧》，2013 年第七期，第 5 页。

现为停顿或者沉默，一般是人物在某种极端情境中的“无言”状态，能产生“此时无声胜有声”的艺术效果，比如《北京人》中，瑞贞离开曾家之前，愫方怀着满心莫名的喜悦对她敞开心扉，她头一次这么痛快地表达，而这一切都因为曾文清的“离家”，但是，就在愫方做着这个快乐的梦的时候，文清却落魄而归！曹禺先生用舞台提示描述她的动作：“愫方呆呆地愣在那里，远远的号声随着风在空中寂寞地颤抖”。品特的戏剧又将“无声的独白”的表现力进行了巨大的拓展，通过前面的剧本分析，我们已经体会过这种沉默的巨大艺术力量。“有声的独白”在传统戏剧中也有多种表现形式及作用，但是一般情况下也是出现在人物内心冲突或者内在情感极度强烈的时候，用来揭示人物复杂的心灵世界，正是在这个意义上，独白获得了戏剧性。在《沉默》中，品特同样对“有声的独白”进行了拓展，但是，这种独白不但不是传统戏剧中“极端情境”下人物剧烈内心活动的结果，而且“叙述性”还使它具有了某种散文化的“诗意”，看上去人物在舞台上仿佛不急不缓，娓娓道来，在恰当的地方，独白的句子之间，品特还用“空行”来间隔，更具有了某种抑扬顿挫的节奏感。

但是，如果我们从情境的整体出发去细细推敲这些“叙述性”的独白，就会发现其中包含着人物多么丰富的内心动作！它们的确是个性与极端情境契合之后饱含着动机的动作，那么，问题的关键就是，情境在哪里？不得不说，品特构建戏剧情境的方式改变了观众的审美习惯，因为他几乎从来不把人们在戏剧中寻求的“已知项”说明白，事件和人物关系统统是模糊的，暗示性的。《沉默》中有三个人物，二十多岁的姑娘爱伦、四十岁的拉姆齐和三十五岁左右的贝茨，拉姆齐和贝茨都是和爱伦“在一起”的男人。我们从剧本中就找不到确凿的信息去确认爱伦、拉姆齐和贝茨的“伦理”关系，比如谁和谁是夫妻，谁和谁是情人？更没有发现有什么具体的“事件”把他们纠葛起来。

我们已经习惯了从“伦理关系”或者“人际关系”中去发现戏剧性，当这些都变得模糊之后，依据没有了，于是动作和动机的“来源”也变得一团糊涂，甚至连是不是“动作”都不清楚了，又何谈动机？动机不明，要达到对“人”的认识，就遥遥无期了。在这样的情况下，剧中人那些长篇大论的像诗一样晦涩的独白读来就是折磨，整个下来就是一个感受，不知道他们是谁，他们怎么了，他们在干什么。如果按照对传统戏剧的审美习惯去读这样的现代派作品，是要碰钉子的，也难怪像彼得·斯丛狄这样的戏剧理论家会质疑这样的戏剧已经不是戏剧了。具体到《沉默》，我们首先要明白的问题就是，品特关注的是“个体的人”，而不是“社会关系中的人”，是人与人之间的“情感关系”，而不是“伦理关系”，是人的本质性的“孤独的存在”而不是社会学层面上的“孤独的生活”。在本剧中，这三个人物之间存在伦理关系，这是确凿无疑的，品特之所以不把这层关系交代明白，是因为它无关紧要，且戏剧性不从这里产生。那么戏剧性从哪里产生呢？

品特将舞台分为三个表演区，每个区域各有一把椅子，非常简洁。彼得·霍尔是排演品特戏剧最多的导演，此剧也由他首次执导。品特在谈到两人的合作时，申明了他们共同遵循的创作原则：“我们发现，必须极其小心谨慎地追寻意象，一旦找到，就必须使其变得清晰，为其逐层上色，精确聚焦并且加以保持，关键是简洁，行动与动作的简洁，情感及其表达的简洁，既在具体事物的内部与外部方面，也在相互之间的关系方面，这样，既没有浪费，也没有混乱。这些是并非革命性的结论，但我希望它们值得重申。”[①] 也就是说，品特一直在寻求最有戏剧效率的方式组织行动、表达情感，事实是《沉默》简直简洁到了像一幅“简笔画”的程度。其实“打破时空限制，划分不同表

① 品特：《归于尘土》，华明译，译林出版社，2010 年 9 月版，第 334 页。

演区域"并非品特的创造，而且导演们在进行二度创作时对这种处理方式的运用也并不鲜见，国内外也不乏精彩的成功之作。但是，至关重要的不同是，尽管品特自己也是一个成功的导演，《沉默》此剧却不是"导演本"，也就是说，并不是品特集编剧、导演于一身写出来的经过导演构思的"舞台本"。将舞台划分为三个表演区是品特在"剧本的形式结构"层面上的运用。时空的限制被打破之后，独白和对白自如地转换与联结，从而实现了最有效率地为人物组织行动。接下来我们进入剧本具体分析。

在对前面几个剧本的解读中，我们已经数次强调过品特戏剧情境的特点，他处理的是已然"处于其生活的极端边缘上"，此时此地"相当孤独地生活着"的人们，《沉默》也不例外。苏珊·朗格说，即使在"那种朦胧的、摆脱了一切真实历史的浪漫世界，引出行动的情境依然是清晰的。"[①] 本剧中，"孤独"就是人物所处的清晰的"极端情境"，但是这个情境并不是戏剧性的情境，而是一种"生活常态"，剧作家的焦点并不在表现"孤独"，它是已然存在的，是已知项，剧作家展示给我们的是，这种"生活常态"中的人是什么样的存在，这才是未知项。"孤独"作为人物的"状态"无法参与戏剧的"结构"，要结构成戏剧则需要具体的"事件"来使"关系"定性化，"拉姆齐让爱伦再找个年轻男人，爱伦找了贝茨"，这就是本剧的戏剧性事件，这与拉姆齐和爱伦是否夫妻关系无关，这个事件要定性化的是他们的情感关系。没有这个确定无疑的事件，就没有这出戏剧。剧本从三个人的独白开始：

拉姆齐　　我和我的姑娘一起走着她穿着一条灰裤子一双灰鞋和我一起

① 苏珊·朗格：《情感与形式》，中国社会科学出版社，1986年8月版，第362页。

走着她穿的衣服是特地为我而选的。她的灰衣服。①

她拉着我的手臂。

在天气好的傍晚我们穿过山丘来到山顶经过一群狗云在跑就在天黑前或夜幕降临的时候当月亮②

如果天冷我就叫她停下给她披上雨衣如果下雨就让她穿上，她就伸手穿上。我和她说话并告诉她一切。

她为我而打扮。

我告诉她我的想法。现在我要去散步，拉着她的手臂，握着她的手。

我把我一生的想法都告诉她，云在跑。她抬头看着我，或者低头倾听。她在我说话的中途停下，抬头看着我。有时她的手脱开我的手，她的手臂脱开我的手臂，她略微分开距离地走着，狗在叫着。

从拉姆齐这段独白中我们可以发现这样几个信息，首先，他独白的方式很怪，有些句子缺少标点，还有断句，需要注意的是，三个人中只有拉姆齐会这样，而且只在这里他用了这样的方式说话。另外，句子之间有“空行”隔开。在本剧中，人物需要“沉默”的地方，除了在舞台说明中标示“停顿”和“静场”，品特还在台词的中间使用了“空行”。这些“空行”是绝对不容忽略的，之所以与“停顿”区别使用，就是因为“空行”的沉默与“停顿”

---

① 英文原文为：I walk with my girl who wears a grey blouse when she walks and grey shoes and walks with me readily wearing her clothes considered for me. Her grey clothes. ——HARLD PINTER *Complete Works*:3 GROVE PRESS New York p.201

② 英文原文为：On good evenings we walk through the hills to the top of the hill past the dogs the clouds racing just:before dark or as dark is falling when the moon ——HARLD PINTER *Complete Works*:3 GROVE PRESS New York p.201

的沉默不同，但相同的是都有动作在其中进行。拉姆齐“描述”的是他和爱伦一起到山上散步的情景，这场景是“回忆”或者“幻想”都不重要，重要的是他怎么描述的：“他的姑娘”穿了一身灰衣服，这是特地为他选的。“空行”的沉默。她拉着他的手臂。这是拉姆齐具体的心理动作，他在强调爱伦对自己的依赖。请注意下面那句表达不完整的话，为什么他在描述环境的时候会变得语无伦次？还没说完就打住了，然后沉默，再说回他为爱伦披雨衣却变得十分顺畅自如，他对爱伦非常细致和细腻，爱伦也很享受他的照顾，他跟爱伦说话并告诉她一切。再沉默。然后又一次强调，她为他打扮。我们从拉姆齐这一系列复杂的动作里读出来的，不是爱伦对他的依赖，而是他对爱伦的依赖，以及他内心隐隐的恐惧。这恐惧来自哪儿呢？请注意他接下来独白中动作的层次：1. 散步的时候他拉着她的手臂，握着她的手，把一生的想法告诉她。他对她完全信任和依赖。2. 他说话的时候，她会低头倾听或者抬头看他。他从她的倾听和回应中获得了存在感。3. 有时她的手会脱开他的，手臂也脱开，略微分开距离走，狗在叫着。拉姆齐对爱伦脱开他的动作非常敏感，他会觉得很不安全，狗叫就是这种心理的表达。接下来是爱伦的独白，她描述了同样的场景，我们看看她的独白是什么样子的：

爱　伦　有两个人。有时这个人和我在一起，有时是另外一个人。他倾听着我的话。我把我知道的都告诉他。我们带着狗散步。有时候风太大，他听不见我说话。我把他领到一棵大树旁，紧贴着他，对他喃喃细语，风吹着，狗停下来，他听我说话。但是另外一个人也在听我说话。

我们从这段独白中首先获得的印象是，有两个人，都在爱伦的世界中，但是另一个被她一语带过，当她“独白”的时候，她想说的是那个跟她带着狗散步的男人——拉姆齐。多么明确的动机!但是同样的场景,爱伦有完全不同的描述:她把她知道的都告诉他,他在倾听,风太大的时候他会听不见,她喜欢紧贴着他靠着大树跟他喃喃细语,风吹着,狗站着,他听着。爱伦的话所传达出来的信息是:就像一棵大树,拉姆齐完全属于自己,没有一丁点怀疑和忧虑,风吹着,狗很安静就是她内心安全感的表达。空行,沉默。忽然,爱伦想起了另一个听她说话的男人贝茨,于是补了一句"但是另一个人也在听我说话",不过除了这句她再也没说别的。接下来是贝茨,那个在爱伦的独白里被一语带过的男人:

贝　茨　搭公交车到市里去。人流滚滚。市场灯火通明,下着雨,一塌糊涂。让她看那些摇曳的灯光。带她一起走过高低不平的路面。黑色的马路,黑色的横梁。她紧紧抓住我。我带你走的就是这条路。酒吧的门在夜里乒乓作响。小汽车按着喇叭,灯光雪亮。她和我,紧拉着。

把她带到这个地方,是我亲戚经营的。把她的衣服脱掉,把我的手放上去。

贝茨与拉姆齐和爱伦完全不同,他描述了他和爱伦进城的过程。他的视界被各种东西填满,肮脏而混乱,公交、人流、刺眼的亮、压抑的黑,高低不平,乒乓作响。在这样的环境里,爱伦紧紧地抓着他,像一只无助的小鸟。小汽车按着喇叭,环境让人烦躁不安,但是他们俩紧拉着。嘈杂环境造就的相互依赖,跟拉姆齐和爱伦之间在空旷山顶上的相互依偎不同。空行,沉默。终于到达亲戚经营的这个地方,脱下她的衣服,把手放上去。这是通过贝茨的独白对他与爱伦之间性爱的描述,脱衣,放手,简单直白。而在拉姆齐的描述中，性爱中的爱伦是在他身下"游动着"的。贝茨没有提到爱伦跟他说过什么话。再接下来是关于"相会"的独白，爱伦分别与拉姆齐和贝茨：

爱　伦　　我带着牛奶自己爬到山顶，云在跑，天在变幻，有时我感到头晕目眩，和他在某个地方相会。

有一次造访他的家。他开着一盏灯，灯光照亮了窗户，灯光映在窗户上。

爱伦的这段独白有两块内容，中间用"空行"隔开，完全是自然流转的人物内心动作。她带着牛奶自己散步，爬到山顶上时看到的景象是"云在跑，天在变幻"，这是一种多么自由的心境啊，头晕目眩的舒畅，这让她想起跟拉姆齐的亲密以及去他家中和他相会的场景，但是关于这个场景，爱伦提到的只是拉姆齐"亮着灯的窗户"。接下来是拉姆齐的独白，对爱伦来访的"回叙"：

拉姆齐　　她从门口走到窗前，去看她来时走的那条路，去确认那所越来越熟悉的房子就是她现在所在的房子，确认小路和灌木还是原来的，大门也还是原来的。当我站在她身边对她微笑的时候，她看着我，冲我微笑。

对爱伦而言，拉姆齐的家就像山顶的风景一样让她觉得自由和温暖，尽管"云在跑，天在变幻"，但山顶就在那里。而从拉姆齐的角度看到的却是爱伦走到窗前看她来时的路，然后确认房子、小路、灌木和大门都还是原来的。这是很有意思的话，这些观察房子、小路或者灌木的动作也许是爱伦发出的，但“动机”却是拉姆齐的，依然出自他对爱伦“不依赖”的恐惧，看到爱伦在“确认”，他才心安，他认为，正是他站到她身边对她微笑，她才放下心来报以微笑。这就是拉姆齐的内心动机，他知道爱伦需要他。尽管爱伦确实需要他，把他的怀抱当作自己安全的天空，但是他依然害怕她离开。这就是存在于两个无比熟悉和亲密的人之间莫名的威胁与担忧。再接下来是贝茨的独白：

贝　茨　　有多少次在雨夜中等待，缩成一团站在那里？

泥土，奶牛，河流。

你在黑暗中穿过田野。你来了。

你气喘吁吁地站在我面前。你微笑着。

我把双手放在你的肩上，往下压。把你脸上的笑容压了下去。

贝茨独白的句子之间用“空行”隔开。这里的“空行”是一种带着回响的沉默，是不出声的“回声”。在人物内心情感极度强烈的时候才会出现这种独白的“回响”。就像我前面分析的《归于尘土》中瑞贝卡“回叙”她的孩子在火车站台被抢走时，她的台词后面跟着的“回声”，那里的回声是出声的，而且剧本给出了让那些语言产生回响的现实情境。可是此处，让贝茨的独白产生“沉默的回响”的“情境”是什么？当然，现实的情境是爱伦的到来，那么什么样的内心情感使贝茨在爱伦“穿过田野”来到他身边时，让他的独白发出了“回响”？贝茨个性的秘密就藏在这里面，请注意独白的第一句：“有多少次在雨夜中等待，缩成一团站在那里？”是孤独，雨夜中极端的孤独。但是当爱伦翻山越岭气喘嘘嘘的，微笑着来到他面前时，他把双手放在爱伦肩上，往下压，把她的笑容压了下去。全部都是“个性与情境契合”之后再具体不过的动作。从情境的整体看，贝茨的这段“与爱伦相会”的独白出现在拉姆齐“与爱伦相会”的独白后面，两个人对爱伦的“需要”完全不同，相对于拉姆齐和爱伦之间隔着的“威胁与担忧”，贝茨在夜雨中对爱伦的等待更加直接，情感在胸中激荡着，所以当爱伦穿越田野出现在他面前的时候，感情的交流是毫无阻碍的，尽管贝茨蛮横地把爱伦脸上的笑容压了下去，但是那一刻，他们彼此拥有！从剧本形式结构的安排上讲，贝茨的独白中产生“回响”就十分合理，并且戏剧性十足了。接下来是爱伦的独白，冷静和平淡的描述，前面拉姆齐和贝茨的独白中，爱伦在他们眼里是那样的不同，可是当爱伦说出这些话的时候，拉姆齐和贝茨在她眼里是不存在个性区别的，他们就是两个男人，她对他们做的动作是一样的，转过来，看着他们的眼睛，吻他们，说话，看着远处微笑，有一种身外无物的冷酷。然后是“静场”。

爱　伦　有两个人。我转过来，和他们说话。我看着他们的眼睛。我在那儿吻他们，说话，看着远处微笑，我转过来的时候碰到了他们。

【静场。

如果说一件艺术品是一个有生命的整体，那么，在这样的戏剧中，作品的“整体性”是如何产生的呢？苏珊·朗格在谈到“绘画空间”的创造的时候有一段话，我认为戏剧同理，现摘引如下：

在观看一幅绘画艺术品时，人们看到的并不是一幅上面涂满色彩斑痕的画布，正如人们在观看电影时看到的并不是一幅上面晃动着影子的幕布一样。不管画中是否再现了人和事物，这并不影响它在某种纯粹创造的空间中展现出体积，这样一些体积则界定和构成了绘画空间，事实上也是由它们创造出来的空间。由于在这种纯粹的视觉空间中能够见出种种相互间平衡和相互间拉紧的作用，所以它看上去就充满了生命的活力。其中那些把空间的各个部分隔离开来的线条（或是真实地画出来的，或是暗示出来的）创造出来的是一种有节奏的统一，因为凡是由它们分离开的部分，同时又由它们联结了起来，这就使其中各个部分达到了完全一体化。①

也就是说，在纯粹创造的空间中，各种“体积”之间存在着一种“相互平衡和相互拉紧的作用”，正是这种相互间的“力量”，构成了一种“有节奏的统一”，使一件艺术品具备了“生命的活力”，“分离”是一种更好的“联结”，艺术品在这个意义上实现了“创造”。《沉默》中以上这三个人的“独白”也可看作是戏剧空间中被分隔开的三块“体积”，它们之间的内在联系构成了一种有节奏的统一，只要这种内在的联系存在着，统一于剧作者的整体构思，只要“独白”是出自人物个性与“情境”契合的动作，那么不管以什么样的面目现身，我们都不能否认这样的戏剧是在“戏剧的路子”上的创造。

继续回到剧本。到下一个“静场”之前的整个段落中，有三人分别的独白以及“贝茨走向爱伦”，两人的对白。先是拉姆齐的独白：

拉姆齐　　我看着云。白云飘飞令人心旷神怡。

我什么也没有失去。

令人心旷神怡的独处，看着逐渐变弱的光线。我的动物们很安静。我的心脏不再跳动。我在傍晚读书。没有人跟我说我

① 苏珊·朗格：《艺术问题》，中国社会科学出版社，1983年6月版，第123页。

可以期待什么，或者期待我做什么。没有什么事情要我去做。

从前面我们对拉姆齐“独白”动机的分析看，他从爱伦对他的“需要”中获得存在感，但是他却让爱伦离开自己再去找个年轻男人。为什么呢？因为他害怕面对爱伦对他的“不需要”，为了杜绝这种情况的出现，他干脆让爱伦再去找一个人，这样，当她每次回来的时候，那一定代表她是因为“需要”他才回来的。于是，在爱伦没来找他的一个人独处的时光里，以上的独白就是他的动作：他不断地告诉自己，看着白云飘飞他感到心旷神怡。空行，沉默，嘴上说心旷神怡心里却什么也感觉不到，低落的情绪没有任何改善。再次提醒自己，他什么也没有失去。空行，沉默，可是他明明失去了爱伦，凄凉感无法阻挡地袭来。又一次跟自己强调，这独处令人心旷神怡！但事实是无法回避的更大的虚无感正在把他吞没。这就是拉姆齐。接下来是贝茨的独白，相对于拉姆齐的“安静”，贝茨却总是身处于无穷无尽的喧闹中，他描述了他跟邻居们的争吵。我们看到的是一个完全被细碎的生活“绑架”了的人，手足无措，抱怨连天，那么，他需要的是什么呢？

贝　茨　……

睡眠是个问题。我需要一些睡眠，要是没有真正的休息，没有慰藉，没有持续不断的慰藉，没有哪怕是该死的断断续续的慰藉，我怎么能活下去呢？

贝茨比拉姆齐直白地多，他不会压抑自己，更不会自我欺骗，他的需要是来自生活的基本需要和本能的需要，他的眼中只有生活。而爱伦又是什么样的呢？下面是她的独白：

爱 伦 有时我和我的酒友见面，和她一起喝酒。她是个容易相处的朋友，人过中年，十分友善。但她不了解我，对我知之甚少，真的，迄今为止。她很滑稽。她开始很性感地和我聊天，在角落里，一边喝着酒。我笑着。

……

我喜欢回到自己的房间里。这里景色宜人。我有一两个朋友，都是女士。她们问我从哪儿来。我说当然是从乡下。我不经常见到她们。

我有时不知道自己是否在思想。我在什么地方听说过，有多少思想掠过一个人的头脑。但有时，我不记得我想过的任何事情。

任何人都不可能告诉我这些事情，任何人都不可能对我肯定这些事情，没有人能够仅凭看看我，就知道正在发生着什么事情。

但我仍然相当漂亮，相当漂亮的眼睛，漂亮的皮肤。

这段独白是关于爱伦的生活与思想。我们从这些话中能看到爱伦的矛盾，她称那个滑稽却和善的中年女人为“酒友”，称那一两个会问她“从哪来”，但却不常见到的女士为“朋友”。这就是生活吗？爱伦在思考，这些事情有什么标准来判定它们有没有意义？有什么人可以下判断？没有，没有标准，没有人。这是一种可怕的状况，到底有什么东西是可以确定的？只有她自己，她自己漂亮的眼睛和漂亮的皮肤，这是切实存在的，不容置疑的，这是她自己唯一可以相信的事实，也是她唯一可以依靠的“美”。

关系“深潜”在极简的独白中静静发展着，当以对白的形式“浮出水面”

的时候，已然变成了下面的样子：

【贝茨走向艾伦。

贝　茨　今晚我们见面吗？

爱　伦　我不知道。

【停顿。

贝　茨　今晚跟我去。

爱　伦　去哪儿？

贝　茨　哪儿都行。散步。

【停顿。

爱　伦　我不想散步。

贝　茨　为什么不想？

【停顿。

爱　伦　我想去别的地方。

【停顿。

贝　茨　去哪儿？

爱　伦　我不知道。

【停顿。

贝　茨　散步有什么不好？

爱　伦　我不想散步。

【停顿。

贝　茨　那你想干什么呢？

爱　伦　我不知道。

【停顿。

贝　茨　你想去别的地方吗?

爱　伦　是的。

贝　茨　去哪儿?

爱　伦　我不知道。

【停顿。

贝　茨　你想让我请你喝酒吗?

爱　伦　不用了。

【停顿。

贝　茨　去散步吧。

爱　伦　不去。

【停顿。

贝　茨　好吧。我带你坐公共汽车去市里。我知道一个地方。我亲戚经营的。

爱　伦　不去。

【静场。

品特在每一句对白的后面都用了“空行”或者“停顿”。“空行”是“无声的回响”，“停顿”中包含着人物丰富的心理内容。这段带着“沉默的回响”的对白，是由前面三个人的“独白”推动情境不断发展，人物内在动机不断凝聚，与个性契合之后产生的极具表现力的“动作”！爱伦否定了一切。当爱伦和拉姆齐再次见面的时候，他们关系的发展也在对白中得以体现：

【爱伦走向拉姆齐。

爱　伦　一切都改变了。你把它油漆了。你做好了架子。所有这一切。

很美。

拉姆齐　你还能记得……你最后一次在这儿的时候吗?

爱　伦　哦，记得。

拉姆齐　那时你还是一个小姑娘。

爱　伦　是的。

【停顿。

拉姆齐　你现在会做饭了吗?

爱　伦　你要我为你做饭吗?

拉姆齐　是的。

爱　伦　下次我来的时候。我会为你做饭。

【停顿。

拉姆齐　你喜欢音乐吗?

爱　伦　喜欢。

拉姆齐　我会为你奏乐。

【停顿。

拉姆齐　看看你的倒影。

爱　伦　在哪儿?

拉姆齐　在窗户上。

爱　伦　外面很黑。

拉姆齐　我有点儿醉了。

爱　伦　是不是你人感到越醉，天也就越黑呢?

拉姆齐　不是的。

【静场。

一切都改变了，房子不再是原来的，拉姆齐油漆了，并且做了架子，他的家不再是爱伦永远不变的“山顶”。两个人的见面一步迈进了“生活”，“风中的散步”再也寻不回了。在以上的对白中，拉姆齐向爱伦发出的第一个动作是：“你现在会做饭了吗？”艾伦的回答不是“是的”或者“会了”，而是一个反问句：“你要我为你做饭吗？”拉姆齐的回答很肯定：“是的。”爱伦也给了他一个明确的回答：“下次我来的时候。我会为你做饭。”从这几句对白中我们能够很明确地感觉到人物关系的变化。爱伦回来了。拉姆齐知道爱伦回来意味着什么，他终于得到了他一直在等待的“支配权”，获得这个他才能获得“安全感”，于是用“要求”爱伦给他做饭这一强势性的动作给爱伦套上枷锁，确定位置，只有这样做了他才不再有那种无法把握爱伦的恐惧和焦虑。爱伦感受到了这种“支配”，她一下子明白了眼下的状况，可是她是从外面回来的，被生活的虚无“驱赶回来”的，拉姆齐是她最后的阵地，她知道她会屈从他的要求，不过她说下次来的时候，立刻就被剥夺和捆绑，她当然不会答应。“停顿”的沉默。这种“扭转”对两人而言都是“革命性”的，是一种新的关系的建立。但支配爱伦并不是拉姆齐的动机，拉姆齐只想获得安全感，他依赖爱伦，所以他又发出了“你喜欢音乐吗？”这样的动作来缓和“扭转”造成的痛苦和凄冷。爱伦领会了，除了说“喜欢”，她还能怎样呢？拉姆齐说：“我会为你奏乐。”两个人又依偎在一起，可是已经不是“山顶上的呢喃”，隔阂似有若无，但终究无法消除地存在着。拉姆齐“陶醉”了，他知道爱伦属于他了。当爱伦用“山顶上的呢喃”的方式问他：“是不是你人感到越醉，天也就越黑呢？”拉姆齐回答：“不是的。”然后是“静场”的沉默，我们能听到某种轻微的碎响。这种失重感如此强烈，以至于爱伦产生了这样的困惑：

爱 伦　　夜笼罩着我。这么安静。我可以听得见我自己。竖起我的耳

> 朵。我能听见我的心跳。这么安静。这是我吗？我是安安静静的呢，还是在说话呢？我怎么知道呢？我能够知道这些事情吗？没有人告诉过我。我需要有人来告诉我这些事情。我似乎是老了。现在我老了吗？没有人会告诉我。我必须找到一个人来告诉我这些事情。

需要清楚的是，不要去分析这些话，而要去分析爱伦说这些话的动机。这些话并不是剧作者通过爱伦的口总结出的生活的“真理”，剧作者不是要告诉我们生活就是这个样子的，一切跟剧作者无关，这是爱伦在这种“极端情境”中的动作，这动作背后的动机是什么？把思路转到这里也许才叫作回到“戏剧的路子”。无路可退，面对这样赤裸裸的现实太痛苦，怎么活下去呢？自我欺骗吧，这些都不是真的，我怎么能知道这些事情呢？我是谁？连我自己是在说话还是保持安静我都不能确定。“我似乎是老了”，请注意，爱伦在自觉地改变自己。究竟什么才是真的呢？她在痛苦的现实和自欺的假象之间迷失了，一切变得混沌一片。“我必须找到一个人来告诉我这些事情”，这不过是一种连自己都相信了的假托的说辞罢了。在残忍的真相中迷惑自己，为了不睁开眼睛谎称需要一双眼睛。这就是爱伦此刻动作的动机。就像《房间》中的罗斯太太，当生活以她一直在回避的样子突然出现在她面前，整个梦都破碎了，幻想的世界轰然倒塌，她突然捂住自己的眼睛喊道：“我看不见了！我看不见了！”在这里，爱伦为了“活着”，也捂住了自己的眼睛。还记得《归于尘土》结尾，瑞贝卡最后那句台词吗？“我不知道什么孩子”，是一样的戏剧构思。

通过以上对剧本中部分独白及对白地简要分析，不得不说《沉默》中人物的“叙述性”独白是非常有效率并且有表现力的“戏剧动作”，情境的推进、情节的发展、个性的揭示、情感的表达以及意义的阐发，都在这种极为简洁的形式中统一为整体，剧作家的创造力体现得淋漓尽致，让人佩服。同时我们也可以一目了然地发现，剧作家的“创造”并没有侵入剧本的肌体，参与它的“血脉流通”，也就是说剧作家创造了剧本，让它具备了“生命的特征”，但剧作家并不在这个生命中出现，它是完整的。我们可以去研究剧作家是如何创造“生命”的，但我们绝不能说剧作家是如何参与这个“生命”的，剧作家不在戏剧中，戏剧按它自己的机理运行。如果把剧作者作为剧本中隐含的“叙事者”，那必是说剧作家作为“外来者”参与了剧本的内部形式构成，这确实就不是戏剧，而走到了“叙事体”的路子上。也许戏剧中不乏这样的“戏剧”，但至少哈罗德·品特的戏剧是完全的戏剧。马丁·艾思林评价品特说：“他是一个彻头彻尾的专业戏剧人士，作为演员、导演和剧作家同样精通。”①关于剧作家与自己创作的戏剧作品的关系，品特有一段经典又生动的话，摘引如下：

我相信，如果一个剧本对于它的作者所要求的那种必需的、固有的合理安排的确存在的话，那么我自己还从来没能获得过它。我完成一部戏剧的最终手稿时总是怀着一种混杂的感觉：解脱、怀疑、振奋，以及某种确定之感，似乎只有我一再扭住戏剧的脖子，它才会一再向我屈服，我越是理解它，也许，就越是能写好它。但这是不可能的。你创造了词语，词语获得了它自己的生命，它就以某种方式与你对视，它变得倔强了，多半会打败你。你创造了人物，他们会非常厉害。他们警惕地看着你这位他们的创作者。这听上去也

① 马丁·艾思林：《荒诞派戏剧》，华明译，河北教育出版社，2003年9月版，第178页。

许有些荒唐，但我相信，当我说我的人物给我造成了两种痛苦的时候，我说的是实话。当我的行动扭曲他们，把他们变得虚假的时候，我看到了他们的痛苦，而且我还看到了他们的轻蔑。当我无法找到他们的要害，当他们有意逃避我，当他们躲进阴影里，这时候，我感到痛苦。还有第三种痛苦，比较少见。那就是当正确的词语，或者正确的行动激发他们，或者安抚他们，使他们进入自己的正常生活的时候。此时此刻，痛苦便是值得的。此时此刻，我乐意带他们去最近的酒吧，请每人喝一杯。我希望他们能原谅我对他们的冒犯，也希望他们同样能像我这样做。但是，毫无疑问，作者与他的人物之间会发生相当大的冲突，我得承认，总体而言人物是胜利者。我想，理当如此。当一位作者为他的人物规划了蓝图，要他们严格地照此行事，任何时候都不能打乱他的计划，当他主宰了他们，此时他也就杀死了他们，或者不如说是将他们扼杀在摇篮里了，他手上有的只是一部死的戏剧。①

向哈罗德·品特“活的”戏剧致敬。

① 品特：《归于尘土》，华明译，译林出版社，2010年9月版，第334页。

结　语

戏剧从诞生之日起发展到今天，历经各种风格流派的演变，依然以其独立的品格与其他文学体裁和艺术门类并立共荣，散发着光彩。我想，戏剧的诗篇被别林斯基称为“高级的诗”“艺术的光轮”是当之无愧的，这当然离不开剧作家们殚精竭虑的“创造”。在戏剧史上所有可称得上有“创造力”的剧作家中，哈罗德·品特算一位。品特的戏剧创作广采博纳，对他产生重要影响的剧作家、小说家和诗人，包括皮兰德娄、斯特林保、契诃夫、贝克特、日奈、尤内斯库、卡夫卡、乔伊斯、帕特里克·怀特、T.S 艾略特，等等。品特从他们的著作中汲取营养，又独成风格，这是非常了不起的。

汪义群先生说：“和品特创作的大量作品相比，我国对品特的介绍和研究还是比较粗浅的。说起品特，人们最熟悉的还是《房间》《生日晚会》《看管人》等几部已经翻译出版的剧本，而对于他的其他剧作，则知之不多。”[①] 所幸近几年对品特戏剧的翻译、引进正在逐渐丰富，2010 年 9 月由译林出版社出版、华明翻译的品特戏剧集《归于尘土》就是重要的成果之一，其中收录了八个

① 转引自邓中良：《品品特》，长江文艺出版社，2006 年 1 月版，第 3 页。

目前在我国还未引起广泛关注的品特剧目。本研究中解析的五部作品皆囊括在内，个人认为这几部作品都是非常有价值的，体现在品特对戏剧基本表现手段——“动作”的拓展，对人的“存在”的发现与表现，对简洁凝练的戏剧形式的追求和实现，等等。

可以称得上“艺术品”的戏剧作品具有永恒的魅力，可以称之为“戏剧”的艺术品无法被轻易取代。在娱乐泛滥的今天，戏剧的衰微只体现在大众的接受层面，就其本身而言，戏剧从来也没有停止发展，这需要我们有善于发现的眼睛和宁静致远的心灵去呵护那伟大的美，去赞叹那无与伦比的崇高。

继续开拓，我们责无旁贷。